Die Akte Lena

Andreas Streit

Die Akte Lena

Bibliografische Information der Deutschen Nationalbibliothek: Die Deutsche Nationalbibliothek verzeichnet diese Publikation in der Deutschen Nationalbibliografie; detaillierte bibliografische Daten sind im Internet über http://dnb.dnb.de abrufbar.

© 2015 Andreas Streit

Illustration: Andreas Streit/Jana Schlotmann

Herstellung und Verlag: BoD – Books on Demand, Norderstedt

ISBN: **978-3-7386-2281-2**

1

Es war warm an diesem Juliabend und die Abendsonne zeigte sich in ihrer vollen Pracht. Viele Leute saßen jetzt in ihren Gärten und genossen ein kühles Feierabendbier oder blickten auf ein leckeres Steak auf ihrem Grill hinab. Einige entschlossen sich noch kurzerhand für ein-zwei Stunden an den See zu fahren, um ins kühle Nass zu springen während andere sich auf ihr Fahrrad schwangen. Doch die meisten hatten heute Abend ein ganz besonderes Ziel. Im kleinen beschaulichen Allgäuer Dorf Görisried stieg heute Abend das ›Go to Gö Festival‹. Das alljährliche Rockfestival zog die Massen an, da sich jedes Jahr bekannte Bands ihr Stelldichein gaben. Für dieses Jahr rechneten die Veranstalter mit besonders vielen Besuchern, da sich neben der, vor allem bei den Jugendlichen, sehr beliebten Allgäuer Band ›Losamol‹ die ›Sportfreunde Stiller‹ als Hauptact angekündigt hatten. Schon nach wenigen Tagen hätten die Veranstalter tausende Karten verkaufen können, so groß war der Andrang und die Nachfrage.
Auch die Siebzehnjährige Lena Brandt aus Kempten hatte sich eine Karte besorgt und war in Vorbereitungen auf den Abend. Lena war ein hübsches, stets gut gelauntes und bei allen beliebtes Mädel. Beliebt vor allem beim männlichen Geschlecht. Nicht selten kam es vor, dass ihr jemand anerkennend hinterher pfiff wenn sie über den Pausenhof schlenderte. Viele Kerle standen bei ihr Schlange und würden sie nur zu gerne mal daten. Doch bisher war einfach nicht der »Richtige« dabei gewesen. Doch heute Abend in ›Gö‹ konnte sich das Blatt vielleicht schon zu ihren Gunsten wenden.
So stand sie nun vor ihrem Spiegel, betrachtete sich mit kritischem Blick und zupfte ihre enge Bluse zurecht. Prüfend blickte sie an sich herunter. War sie sexy genug gekleidet? Sah sie in diesem Outfit gut aus? Lena achtete sehr darauf stets gut auszusehen, doch es durfte auch

nie billig wirken, denn auf dumme Nachrede hatte sie keinen Bock. Heutzutage wurde man schnell mal als billiges Flittchen bezeichnet, wenn man den Rock etwas kürzer trug. Doch nur so konnte man die Blicke der Männer auf sich ziehen. Auch für heute hatte sie sich einen kurzen Jeansrock und eine enge schwarze Bluse ausgesucht. Ihre schlanke Figur wurde dadurch sehr vorteilhaft betont. An ihrem linken Arm trug sie die schöne neue Uhr, die ihre Eltern ihr zum Geburtstag geschenkt hatten und den rechten Arm zierte ein weißer Armreif. Noch einmal blickte sie prüfend an sich hinab und drehte sich zur Seite. Ein Lächeln huschte über ihr Gesicht und sie strich sich durch ihre langen, braunen Haare. Mal schauen, ob der Mann ihrer Träume heute Abend auftauchen würde.

Schnell noch ein bisschen Puder ins Gesicht und sie war startklar. Ein Blick auf ihre Uhr zeigte ihr, dass sie mal wieder viel zu spät dran war und sich beeilen musste. Dauernd kam sie zu spät und ihre Freundinnen fingen wieder zu meckern an. Aber mei, dachte sie sich, wer schön sein will, der braucht halt auch mal ein bisserl länger.

Sie schnappte sich ihre Tasche und stopfte noch schnell einen dünnen Pulli hinein. Wer weiß ob es heute Nacht nicht kalt wird, dachte sie sich.

»Dann mal los!«, mit diesen Worten schloss Lena die Zimmertür hinter sich und flitzte die Treppe hinunter. Beinahe hätte sie dabei ihre Mutter über den Haufen gerannt, die gerade auf dem Weg nach oben war.

»Ja hey, spinnst Du? Mach mal langsam Mädle!«, entfuhr es ihrer Mutter, die gerade noch so den Wäschekorb in den Händen balancieren konnte.

»Sorry Mama, aber ich hab's eilig! Bin spät dran und die Mädels warten doch schon auf mich!«

»Das ist trotzdem kein Grund wie eine Gestörte durch die Gegend zum rennen und mich über den Haufen zum springen!« Streng blickte Maria Brandt ihre Tochter an.

»Hast was warmes dabei? Du weisst ja, heut Nacht wird's kalt! Und wenn ihr Mädels da draußen rum-

springt's, kann's schnell mal frisch werden!«
»Ja Mama!« Genervt sah Lena ihre Mutter an und blickte demonstrativ auf ihre Uhr. »Ich muss jetzt echt los Mama! Sonst schimpfen die Mädels wieder!«
»Das ist doch nicht mein Problem, wenn Du immer so lang brauchst!«
»Jaja Mama, ich weiß es!« Lena schob ihre Mutter zur Seite und lief die letzten Stufen hinunter.
»Wie kommst du eigentlich heim? Soll dein Papa dich holen?«, fragend sah Maria Brandt ihre Tochter an.
»Nein nein Mama, die Lisa fährt uns heut! Die hat doch seit zwei Wochen den Führerschein und ist jetzt unsere Taxifahrerin.« Nachdenklich sah Frau Brandt zur Decke. »Also ich weiß ja nicht, ob mir das Recht ist. So ein junges Mädle und grade erst den Führerschein gemacht. Die ist doch noch total unsicher oder?! Und dann trinkt sie ja sicher auch noch was!« Lena schüttelte energisch den Kopf.
»Nein Mama, die Lisa ist total verantwortungsvoll! Die trinkt nix und auch sonst fährt sie ganz vorsichtig!« Maria Brandt war noch nicht restlos überzeugt.
»Soll ich nicht doch den Papa...«.
»Nein Mama! Das braucht's wirklich nicht! Die Lisa fährt mich und gut ist's! Das ist jetzt schon ausgemacht!« Und bevor ihre Mutter noch etwas dagegen sagen konnte, war Lena schon aus der Tür gehuscht. Aus dem Gang kam noch »Mach dir keine Sorgen Mama! Es passiert schon nix!« und schon fiel die Haustür ins Schloss. Zurück blieb ihre Mutter, die ihre Stirn runzelte und »na hoffentlich« dachte.

2

Als Lisa Kretschmar das ›Go to Gö- Zelt‹ verließ, war es kurz vor halb Zwei. »Was für ein geiler Abend war das denn bitte?«, dachte sie sich und zündete sich eine Zigarette an. Das war zwar nicht gesund und ihre Eltern waren strikt dagegen aber das interessierte sie nicht die Bohne. Sie war jetzt Erwachsen und volljährig, da ließ sie sich erst Recht nichts mehr sagen.
Es war frisch geworden und sie fröstelte.
»Zum Glück hab ich den dabei«, dachte sie sich, als sie ihren Pulli über ihre Arme streifte. Bis gerade eben hatte sie noch geschwitzt und ihr war heiß gewesen von dem vielen tanzen. Da tat die Abkühlung und die frische Luft mal richtig gut. Die ›Sportis‹ hatten die Bude so richtig gerockt und die Stimmung war Eins A. Alles in allem war es einfach ein geiler Abend. Das lag aber vor allem auch an dem süßen Typen, den sie kennen gelernt hatte.
Marco, Zwanzig aus Obergünzburg. Groß, durchtrainiert und ein Lächeln zum dahin schmelzen. Als er sie an der Bar angesprochen und auf einen Drink eingeladen hatte, hätte sie fast kein Wort herausgebracht. Er hatte sie angelächelt und erzählt, dass er bei der Firma Abt in Kempten als Automechaniker arbeiten würde und auch daheim gern an seinem eigenen getunten A3 herum schrauben würde. Lisa hatte sich vorgestellt, wie er mit seinen, durch stundenlanges Training im Kraftraum, gestählten Muskeln und seinem durchtrainierten Körper, ohne T-Shirt, unter seinem Auto lag, den Waschbrettbauch mit leichtem Schweiß bedeckt....Sein fragender Blick und seine Stimme hatten sie aus ihren Träumen gerissen. Peinlich berührt war sie rot geworden und hatte nur ein »Was?« stammeln können. Er hatte sie daraufhin angelächelt und gefragt, was sie denn in ihrer Freizeit am liebsten trieb.
»Unwichtig«, hätte sie am liebsten geschrieen.»Erzähl mir mehr von Dir und ich gehöre Dir allein«, war das Ein-

zige an das sie denken konnte. Dieser Typ war einfach nur ein Traum.
So hatten die Beiden sich lange unterhalten, viel gelacht und sich grinsend angeschaut. Später dann hatten sie getanzt und zusammen gefeiert. Und als sich Marco dann später verabschiedet hatte, hatte er ihr nicht nur seine Handynummer in die Hand gedrückt, sondern auch einen Kuss auf die Backe gegeben. Die Beiden hatten sich angelächelt und sich mit den Worten »Bis Bald« verabschiedet.
Nun stand Lisa also draußen vor dem Zelt, rauchte ihre Zigarette und war der glücklichste Mensch auf Erden. Als sie fertig geraucht hatte, blickte Lisa auf ihre Uhr.
»Wow, schon so spät?« Es war Zeit sich auf den Heimweg zu machen. Doch dazu musste sie erst noch ihre Freundinnen Lena und Andrea finden, die sie nach Hause fahren sollte.
Als sie wieder im Zelt war, ließ sie ihren Blick schweifen. Schließlich entdeckte sie Andrea an der Bar. Die unterhielt sich gerade mit Jennifer, einer alten Klassenkameradin der Beiden.
»Hey Andi! Na, alles klar?«, begrüßte sie ihre Freundin.
»Klar, bei mir doch immer! Und bei Dir ja scheinbar auch.« Grinsend und mit dem Auge zwinkernd umarmte Andrea ihre beste Freundin.
»Hast Du's mitbekommen?«, fragte Lisa.
»War ja nicht zu übersehen.«
»Da hast Du dir ja ein echtes Sahnestückchen geschnappt! Gratuliere!«
Mit roten Wangen antwortete Lisa »Dankeschön. Marco ist auch echt der Hammer! Was für ein Traumkörper und was für ein Traummann«, schwärmte sie vor sich hin.
»Hoffentlich wird das was!« Lisa lächelte, als sie bemerkte, dass sie wieder ins Schwärmen geriet.
»Na klar wird das was!«, erwiderte Andrea und gab ihrer Freundin einen sanften Klapps.
»Hoffentlich!«, war deren Antwort.
»Aber hey, sollen wir mal langsam heimfahren? Es ist ja bald schon Zwei und ich bin auch ein bissl müde!«

»Ja klar, können wir gern! Ich trink noch schnell leer und dann kann's los gehen!« Lisa nickte und blickte sich um.
»Sag mal, wo ist eigentlich Lena?« Fragend sahen sich die Beiden an. Schulterzuckend sagte Andrea,
»Keine Ahnung. Die wollte sich vor ner Weile was zum Trinken holen und seitdem ist sie weg.«
»Hm, komisch. Ich ruf sie mal an«, erwiderte Lisa und tippte Lenas Nummer in ihr Handy ein. Nach einer kurzen Wartezeit meldete sich zu ihrer Überraschung deren Mailbox.
»Hm, komisch. Sie hat scheinbar das Handy aus.«
»Echt jetzt?«, fragend blickte Andrea auf.
»Versuchs doch noch mal! Vielleicht hat sie einfach kein Netz!« Doch auch der zweite Versuch endete bei der Mailbox.
»Und was machen wir jetzt?«, fragte Lisa.
»Komm, wir schauen uns mal um! Irgendwo muss sie ja sein!«
Und so zogen die Beiden los, um eine Runde durchs Zelt zu drehen. Doch eine halbe Stunde später standen sie erfolglos vor dem Zelteingang. Von Lena fehlte jede Spur.
»Das gibt's doch nicht!«, entfuhr es Andrea.
»Die ist ja wie vom Erdboden verschluckt!«.
»Ja, aber das kann doch nicht sein! Meinst Du sie ist bei jemand anderen mitgefahren?«
»Quatsch!« Andrea schüttelte den Kopf, »Dann hätte sie doch was gesagt! Lena würde nie einfach ohne etwas zu sagen verduften!« Ratlos standen sie da und sahen zu, wie sich das Zelt langsam leerte.
Eine Weile später waren nur noch wenige Besucher im Zelt und die Mädchen starteten einen neuen Versuch. Als sie am Toilettenwagen vorbei kamen, hörten sie ein Geräusch.
»Hey Andi, wart mal!« Lisa blieb stehen.
»Hörst Du das? Da ist doch jemand drin!« Ein lautes Würgen kam ihnen entgegen.
»Schnell, Lena ist da drin und kotzt!«, entfuhr es Lisa und bevor Andrea noch etwas sagen konnte, stürmte ihre

Freundin die Stufen des Toilettenwagens hoch.
»Lena? Lena bist du das?«, schrie Lisa und klopfte an die Tür. Doch anstatt einer Antwort kam nur ein Wimmern und gleich darauf ein nächster Würgelaut. Die Mädchen sahen sich an und beiden war klar, dass sie helfen mussten, egal wer auch immer auf der anderen Seite der Tür war. Andrea deutete Lisa an, sie solle die Räuberleiter machen und kletterte über die Hände ihrer Freundin nach oben. Sie zog sich über den Türrand und blickte ins Klo hinein. Was sie sah, rief einen Schock hervor. Auf dem Boden vor dem Klo kniete ein Mädchen. Sie hatte Andrea den Rücken zugewandt, so dass diese das Gesicht nicht erkennen konnte. Doch ihr fielen sofort die langen braunen Haare und eine schwarze Bluse auf.
»Das ist Lena!« schoss es ihr durch den Kopf.
»Lena! Hey Lena! Ich bin's!«, rief sie und wartete auf eine Reaktion. Doch das Mädchen rührte sich nicht. Daraufhin nickte sie Lisa zu und zeigte ihr an, dass sie über den Türrand klettern und die Tür von innen öffnen würde.
Lisa nickte ihr zu und schob ihre Freundin mit aller Kraft nach oben. Ein schneller Sprung und Andrea war drin. Kurz drohte sie das Gleichgewicht zu verlieren und auf das Mädchen zu stürzen, doch es gelang ihr sich abzufangen und die Tür zu öffnen. Als Lisa hereinschaute und zögernd »Lena?« sagte, bewegte sich das Mädchen noch immer nicht. Langsam streckte Andrea die Hand aus und legte sie auf die Schulter des Mädchens. Und wie als ob ein Schalter umgelegt worden wäre, schoss dieses nach oben, schrie laut auf und drehte sich zu den Beiden um. Erschrocken zuckte Andrea zurück und starrte in das Gesicht eines fremden Mädchens. Deren Mund war vollgeschmiert mit Resten von Erbrochenem und auch ihre Bluse hatte einiges abbekommen. Das Mädchen ließ einen Schrei los und ihre Hand schnellte Richtung Andrea. Die konnte nicht mehr reagieren und bekam den Schlag voll ins Gesicht. Andrea fiel nach hinten und in Lisas Arme die ihr geistesgegenwärtig zur Hilfe kam. Das Mädchen starrte die Beiden an und kippte dann so schnell, wie sie nach oben geschossen war, wieder nach

hinten zurück und fiel mit dem Rücken in die Klobrille, in der sie regungslos liegen blieb. Lisa starrte Andrea an, der das Blut aus der Nase lief.
»Andi, alles okay?« Andrea starrte zurück und schüttelte nur den Kopf, während sie das Blut auf ihrer Hand sah. Ihr Blick ging nach vorne und traf das im Klo liegende Mädchen.
»Das ist nicht Lena«, stammelte sie vor sich hin, während Lisa ihr ein Taschentuch hinhielt.
»Stimmt«, nickte die noch immer geschockte Lisa.
»Aber wer auch immer sie ist, sie braucht dringenst Hilfe!« Langsam wurde auch Andrea wieder klar und nickte.
»Ich hol Hilfe!«, sagte Lisa.
»Bleib Du hier, setz Dich hin und ruh Dich aus!« Andrea nickte kurz und setzte sich auf die Treppenstufen. Sie war bedient für heute Abend. Das Blut tropfte ihr aus der Nase und ihre Beine zitterten noch vor Schreck.
Fünf ewig lange Minuten später tauchte Lisa mit zwei Sanitätern auf. Die Beiden beobachteten, wie diese mit Hilfe eines dazu geeilten Mannes, das Mädchen hoch hoben und unter dessen wimmernden Protestlauten und unkontrollierten Schlägen stützten und Richtung Erste Hilfe Zelt schleppten. Erst da wurde den Mädchen bewusst, wie viel Glück das Mädel gehabt hatte, dass sie sie gefunden hatten.
Einige Zeit später wurde das Mädel von den Sanitätern in einen Rettungswagen gebracht, der vorsorglich vor dem Konzert auf dem Gelände geparkt worden war. Und mit Blaulicht ging es dann in Richtung dem nächsten Krankenhaus.
»Krass, was für ein Schock«, dachte sich Lisa und am Blick von Andrea konnte sie erkennen, dass diese genauso dachte.
Als die Beiden einen Schluck getrunken hatten und den Sanitätern versichert hatten, dass sie okay waren, liefen sie wieder ins Zelt. Denn die Erkenntnis, dass von Lena immer noch jede Spur fehlte, bereitete ihnen Sorgen. Ein weiterer Anruf endete wie die vorherigen auch bei der Mailbox. Da fiel Andrea ein, dass Lena vielleicht am Auto

warten könnte. Hoffnung kam auf und die beiden machten sich auf dem Weg zum Parkplatz. Doch außer ein paar zurückgelassenen Autos war dieser Menschenleer und verlassen.
»Was tun wir jetzt?«, fragte Lisa in die Stille.
»Sollen wir vielleicht mal bei ihr daheim anrufen?« Fragend blickte sie Andrea an.
»Bist du verrückt?!«, antwortete diese mit großen Augen.
»Es ist kurz vor Vier! Die bringen uns um, wenn wir um die Zeit anrufen!«
»Stimmt auch wieder«, entgegnete Lisa.
»Komm, lass uns heimfahren! Sie ist sicher bei jemand anderem mitgefahren und hatte einfach keine Zeit mehr uns Bescheid zu sagen. Und außerdem frier ich mir langsam den Arsch ab!«, sagte Andrea.
Lisa atmete lange aus.
»Du hast Recht! Wir haben alles versucht. Wir haben sie gesucht und versucht sie anzurufen. Mehr können wir nicht tun!« Resigniert stiegen die Beiden ein.
»Die wird sich schon melden!«, versuchte Andrea sich nochmal Mut zu machen. Lisa sah sie an, nickte kurz und ließ den Motor an. Während sie vom Parkplatz fuhren, blickte Andrea nachdenklich Richtung Zelt und zuckte mit den Schultern.

3

Das Klingeln ihres Handys riss Lisa aus ihren Träumen. Müde und verschlafen tastete sie ihr Nachtkästchen nach dem klingelnden Monster ab. Was war los? Wie spät war es und vor allem, wieso zum Geier klingelte ihr Wecker am Wochenende? Als sie ihr Handy ertastet hatte und aufs Display sah, erkannte sie, dass es nicht der Wecker, sondern ein Anruf war. Verschlafen gähnte sie ein »Hallo?« in den Hörer.

»Lisa? Hallo, hier ist die Mama von Lena. Ist die Lena bei Dir?« Lisa konnte ein Gähnen nicht zurückhalten.
»Nein, wieso?«
»Sie hat mir doch erzählt, dass Du sie heimfährst!« In Maria Brandts Stimme lag Besorgnis.
»Lena ist noch nicht daheim und ich mache mir langsam Sorgen ob etwas passiert sein könnte!« Jetzt erst erkannte Lisa die Lage und ihr wurde warm.
»Lisa ist nicht daheim? Oh man Frau Brandt, wir haben sie gestern noch lange gesucht und auch noch versucht sie anzurufen, aber irgendwie war sie nicht erreichbar! Wir haben deshalb gedacht, sie wäre sicher bei jemand anderem mitgefahren!« Am anderen Ende war für einen Moment lang Stille. Als Frau Brandt weitersprach, war ihre Stimme nicht mehr besorgt, sondern aufgeregt.
»Ist das dein Ernst Lisa?! Ihr habt sie nicht gefunden?« Frau Brandts Stimme klang jetzt wie ein zittriges Hauchen.
»Aber das kann doch nicht sein! Lena würde doch nie einfach woanders mitfahren, ohne euch Bescheid zu sagen!« Lisa erkannte, dass sie jetzt schnell etwas beruhigendes sagen musste.
»Frau Brandt, jetzt machen Sie sich mal keine Sorgen! Lena ist ein kluges Mädel! Die kann gut auf sich aufpassen und hat sicher bei einer Freundin geschlafen!«
»Ja, aber dann hätte sie sich doch bei euch gemeldet!« Frau Brandt war noch nicht wirklich überzeugt.
»Vielleicht ist ja ihr Handyakku leer oder sie schläft einfach noch.« Als es am anderen Ende still blieb, fuhr Lisa fort.
»Glauben Sie mir Frau Brandt! Der Lena geht's sicher gut und sie wird sich die nächsten Stunden sicher melden oder daheim auftauchen!«
»Meinst du?« Frau Brandts Stimme klang immer noch zittrig.
»Aber klar Frau Brandt!« Lisa bemerkte, dass sie, durch das gute Zureden, auch selber ruhiger wurde.
»Machen Sie sich jetzt mal keinen Kopf! Die Lena taucht schon wieder auf! Wahrscheinlich ein bisserl verkatert

aber sonst...«.
Von Frau Brandt war ein leises Seufzen zu vernehmen.
»Wahrscheinlich hast Du Recht und ich reagiere zu sehr über. Aber weißt du Lisa, sie ist doch erst Siebzehn und noch nie ohne Bescheid zu geben nicht heim gekommen! Das passt einfach nicht zu ihr!«
»Das glaube ich Ihnen. Aber ich denke einfach, dass ihr Akku leer ist und sie deshalb nicht angerufen hat!« Lisa konnte es merklich fühlen, wie sich Frau Brandt etwas entspannte. Ein langer Atemzug von Frau Brandt folgte.
»Du hast Recht Lisa! Ich darf mich nicht verrückt machen! Am Ende schleicht sie gleich durch die Tür und alles ist wieder gut.«
»Genau so schaut's aus Frau Brandt! Nicht unnötig Sorgen machen! Die Lena taucht schon auf!«
»Danke Lisa. Du bist echt ein liebes Mädel und ich hab dich sehr gern!« Jetzt musste Lisa lächeln. Frau Brandt war immer nett zu ihr und sie hatte die Mutter ihrer Freundin auch richtig gern.
»Dankeschön Frau Brandt! Das hör ich gern! Einfach mal tief durchatmen jetzt, bisserl warten und schwups, ist die Lena wieder daheim!«
»Genau das mach ich jetzt auch! Entschuldige die frühe Störung Lisa!«
»Kein Problem Frau Brandt! Dafür hab ich doch vollstes Verständnis! Lena ist schließlich eine meiner besten Freundinnen und ich will ja auch, dass es ihr gut geht und ihr nichts passiert!« Lisa hörte Frau Brandt lachen. Zum ersten Mal seit Beginn des Telefonats. Das war ein gutes Zeichen. Sie hatte sie beruhigen können.
»Okay Lisa. Dann will ich mal nicht weiter stören.«
»Das tun Sie nicht! Sie können immer gern bei mir anrufen!«
»Danke Lisa. Machs gut ja.«
»Ja, Sie auch Frau Brandt! Tschüss!« Daraufhin legte Lisa auf und glitt wieder ins Bett zurück. Ihre Gedanken drehten sich nun um ihre Freundin. Wo könnte sie nur sein? Eine Zeit lang lag Lisa so da und ließ ihre Gedanken schweifen. Doch dann meldete sich die Müdigkeit

zurück und ihr wurde klar, dass es ja doch erst früh am morgen war. Ach, es würde schon alles gut werden und Lena schon wieder auftauchen, sagte sie sich und kuschelte sich wieder unter die warme Decke, um noch für ein paar Stündchen schlafen zu können.

Doch nichts wurde gut....

Am Abend des selben Tages war Lena immer noch verschwunden. Niemand hatte sie gesehen oder wusste wo sie sich aufhielt. Auf ihrem Handy meldete sich immer nur die Mailbox.
Als alle Versuche vergebens waren, entschieden sich die Brandts, die Polizei einzuschalten.
Die Situation wurde sehr ernst genommen und die Polizei schickte sofort einige Suchtrupps um das ›Go to Gö- Gelände‹ und den näheren Umkreis abzusuchen. Ein Hubschrauber überflog das Gebiet, Bodensuchtrupps durchkämmten die Wälder und Polizeihunde wurden ebenfalls eingesetzt. Doch es fanden sich keine Spuren von Lena.
Andrea und Lisa schilderten den Verlauf des Abends aus ihrer Sicht. Wie sie getanzt und gefeiert hatten und Lena vom trinken holen nicht wieder zurückgekehrt war.
Doch auch das half den Polizisten nicht weiter.
Noch in der selben Nacht wurde Lena Brandt als vermisst gemeldet.
Ein weiterer Versuch war es, mit Hilfe der Radio und Fernsehmedien den Erfolg zu suchen. Doch trotz aller Bemühungen blieb das junge Mädchen verschwunden.

4

Wachtmeister Jens Pfeiffer war nervös. Er musste seinem Chef die Nachricht überbringen, dass es für ihn heute wohl keinen Kaffee geben würde. Für Kommissar Alois Hinteregger musste ein Tag mit einem guten Kaffee beginnen, ansonsten war es kein guter Tag und konnte für seine Kollegen mitunter zäh werden. Hintereggers Laune war sowieso am Tiefpunkt. Seit Tagen waren er und seine Kollegen auf der Suche nach dem vermissten Mädchen aus Kempten. Sie hatten schon alles mögliche versucht. Im Radio einen Vermisstenaufruf bei Antenne Bayern und RSA gestartet und sogar die Fernsehnachrichten von Allgäu TV hatten über sie berichtet. Doch bisher waren keine hilfreichen Hinweise eingegangen, die ihnen von besonderem Nutzen hätten sein können.

Die Presse hatte natürlich auch Wind von der Sache bekommen und ständig lungerten jetzt irgendwelche windigen Reporter vor der Dienststelle herum und wollten neue Infos zum Fall haben. Er wäre froh gewesen, ihnen endlich mal was positives berichten zu können. Doch auch heute Morgen musste er Achselzuckend an ihnen vorbei schleichen.

Und zu allem Überfluss kam jetzt auch noch Pfeiffer in sein Büro und wollte ihm weismachen, dass die Kaffeemaschine kaputt sei und es keinen Kaffee gab.

»Was für ein bescheidener Morgen«, dachte er sich.

Hinteregger selbst kannte sich mit dem technischen Schnickschnack überhaupt nicht aus und war deswegen auch froh, dass ihm mit Stefan Leitner ein junger Kollege zur Seite gestellt worden war, der sich mit diesen Dingen auskannte. Leitner war ganz frisch von den Kollegen aus Füssen geholt worden. Dort war man voll des Lobes über den jungen Mann und auch hier in Kempten erhoffte man sich gute Dienste seinerseits.

Vor allem, wenn es darum ging, Nachforschungen im Internet anzustellen, war Leitner einsame Spitze und die

Kollegen griffen gern auf ihn zurück. Hinteregger blickte auf seine Uhr. 9:20, er musste sich beeilen, denn um halb Zehn war ein Meeting mit der zusammengestellten ›Soko Lena‹ einberufen und er als Sokoleiter wollte natürlich nicht zu spät kommen.

So schnappte er sich schnell einen Notizblock, den danebenliegenden Kuli und eilte Richtung Besprechungszimmer.

Als Hinteregger aus seinem Büro stürmte, wäre er beinahe mit dem Kollegen Gruber kollidiert.

»Zefix Luis, kannst Du nicht aufpassen oder was?!«

»Na, da hat ja einer gute Laune heute morgen!«, konterte der Kommissar.

»Was ist denn los?«

»Ach«. Gruber machte mit seiner Hand eine abwertende Bewegung.

»So ein Vollidiot hat unseren Blitzer in Sulzberg zerlegt!«

Hinteregger schaute seinen Kollegen mit großen Augen an.

»Das neue Gerät? Den haben wir doch erst vorletzte Woche installiert!«

»Ja eben«. Genervt drehte sich Gruber weg.

»Und jetzt hat ihn so ein Trottel kaputt geschlagen!« «Er wurde wohl geblitzt und hat in seiner Erregung gleich mal seine Wut am Blitzer raus gelassen!«

Hinteregger schüttelte den Kopf.

»Experten gibt's.«

»Du sagst es Luis«, nickte Gruber zustimmend.

»Jedenfalls sind wir gerade dabei, die letzten Bilder, die der Blitzer gemacht hat, auszuwerten. Der Chef will, dass wir versuchen alle Bilder zu retten. Ansonsten kommen wohl einige Geschwindigkeitssünder um ihre Strafe herum! Und ich darf die Drecksarbeit machen!«

»Ich hoffe doch, dass der Kerl ordentlich bestraft wird!«, entgegnete Hinteregger. Gruber nickte nur.

»Das wird er Luis, das wird er! Aber ich muss jetzt weiter. Es wartet noch ein Haufen Arbeit auf mich. Machs gut ja!«

»Du auch Günter!« Hinteregger sah auf seine Uhr. Ver-

dammt, jetzt musste er sich aber wirklich beeilen, wenn er nicht zu spät zur Besprechung kommen wollte.
Als er dort ankam, musste er allerdings feststellen, dass er doch der Letzte war und seine Kollegen sich untereinander schon fleißig unterhielten. Mit den Worten »Schönen Guten Morgen die Herren!«, trat er in den Raum. Er ließ seinen Blick schweifen und blickte in die Augen der Herren Pfeiffer, Kreutzer, Leitner, Bauer und Hartmann. Eine Mischung aus jungen, talentierten Nachwuchskräften wie Leitner und Pfeiffer, als auch aus erfahrenen Haudegen, wie die Kollegen Bauer und Hartmann. Die ›Soko Lena‹ war vom Polizeichef persönlich zusammengestellt worden. Die Misserfolge der letzten Tage und die Sorge um das Mädchen, hatten nicht gerade zur guten Laune des Kommissariatsleiters beigetragen. Er hatte, die seiner Meinung nach, besten Leute zusammengestellt und hoffte nun auf schnelle Erfolge. Leitner, das von allen geschätzte Nachwuchstalent, musste natürlich mit im Team sein. Ebenso Markus Kreutzer, der mit seinen fünfundzwanzig Jahren noch zur jüngeren Garde gehörte und Leitner mit seinen ebenfalls erstklassigen Computerfähigkeiten unterstützen sollte. Pfeiffer hatte er der Gruppe zugeteilt, weil dieser absolut loyal und fleißig war und sich stets den Anweisungen seiner Vorgesetzten fügte und diese auch prompt durchführte. Auch solche Typen brauchst Du in so einer Einheit. Hinteregger wurde unterstützt von den Kollegen Bauer und Hartmann, die beide schon über eine langjährige Polizeierfahrung verfügten.
Hinteregger schaute in die gespannten Gesichter und stellte die für ihn momentan wichtigste Frage:
»Also Männer, was haben wir?!«
Pfeiffer meldete sich als Erster zu Wort.
»Leider nicht viel Chef! Wir haben das ›Go to Gö-Gelände‹ und den Umkreis komplett abgesucht«. Pfeiffer sah Hinteregger in die Augen.
»Aber gefunden haben wir nichts!« Leitner sah seinen Kollegen an und fuhr fort.
»Auch die Konzertbesucher, die wir befragt haben, konn-

ten uns nichts sagen.« Hinteregger kratzte sich an seinen Kinn.
»Was hat die Ausstrahlung bei Allgäu TV gebracht?«, fragte er.
»Nichts, absolut gar nichts!«, entgegnete Hartmann ihm und schüttelte den Kopf.
»Es ist fast so, als wäre das Mädchen vom Erdboden verschluckt worden!« Hinteregger nickte nachdenklich.
»Ich denke unser nächster Weg muss dann das Internet sein. Ich meine, so ein junges Mädel muss doch heutzutage da drinnen unterwegs sein und Kontakte knüpfen«, fuhr Hinteregger fort.
»Das sehe ich auch so!«, meldete sich Bauer nun zum ersten Mal zu Wort.
»Vielleicht war sie ja irgendwo angemeldet und hat eine Spur hinterlassen.«
Hinteregger quittierte Bauers Worte mit einem Nicken und wandte sich an Leitner und Kreutzer.
»Das ist dann wohl eure Aufgabe Jungs! Checkt alles ab, was euch einfällt und schaut euch nach jedem, noch so kleinen Anhaltspunkt um!«
»Eine weitere Möglichkeit wäre eine Handyortung«, meinte Hartmann.
»Wir sind gerade dabei ihr Handy zu orten, um heraus zu finden, wo sie sich zuletzt aufgehalten hat." Hartmann blickte in die Runde. Zustimmendes Nicken von allen Anwesenden. Hinteregger war zuversichtlich. Seine Kollegen waren engagiert und lieferten eine gute Arbeit ab. Das machte ihn sicher, dass sie Lena bald finden würden.
Wenn nicht sie, wer dann?!
»In Ordnung Jungs!«, sagte er nun.
»Jeder weiß was er zu tun hat! Vielleicht haben wir ja Glück und finden etwas.« Daraufhin standen die Männer auf und verließen den Raum. Es gab viel zu tun.

5

Hinteregger schreckte hoch, als sein Telefon klingelte. Er war in Lenas Akte vertieft gewesen und der laute Klingelton hatte ihn aus seinen Gedanken gerissen. Er nahm den Hörer ab und meldete sich.
»Ja, Hinteregger! Was gibt's?« Am anderen Ende hörte er Hartmann.
»Luis, es hat geklappt, wir haben das Handy!«
»Seid ihr sicher?« Ein Fünkchen Hoffnung keimte in Hinteregger auf.
»Ja, ganz sicher!«, entgegnete Hartmann.
»Es ist hundertprozentig das Handy von Lena Brandt! Und jetzt halt Dich fest!«. Hartmann machte eine Pause bevor er weitersprach. »Es ist in Marktoberdorf!« Jetzt war Hinteregger echt überrascht. Wie war das Handy nach Marktoberdorf gekommen? Der Ort lag doch in der total gegenüberliegenden Richtung zu Kempten, also überhaupt nicht auf dem normalen Heimweg von Lena Brandt!
»Wie habt ihr es geschafft, das heraus zu finden?«, fragte er.
»Das Handy war die ganze Zeit ausgeschaltet, konnte so auch nicht geortet werden!«, antwortete Hartmann.
»Doch heute morgen wurde es plötzlich wieder eingeschaltet und ist seitdem wieder an. Und das Signal kommt eindeutig von einer Adresse in Marktoberdorf!« Hinteregger hatte keine Zeit darüber nach zu denken, wieso das so war, er musste jetzt handeln!
»Okay, super Oli! Ich bin gleich bei Dir, dann fahren wir los!«

Zehn Minuten später saßen die Beiden im Einsatzwagen Hintereggers und fuhren auf der B12 nach Marktoberdorf.
»Wir konnten die genaue Position orten an der das Handy zuletzt eingeschaltet wurde«, erklärte Hartmann.
»Sie führt uns zu einem Haus an der Hauptstraße«, fuhr

er fort und tippte die Adresse ins Navi ein.
Als sie einige Minuten später das Ortsschild von Marktoberdorf passierten, fragte Hinteregger seinen Kollegen, was dieser von den Bewohnern des Hauses wusste.
»Nicht sehr viel«, entgegnete Hartmann.
»Anscheinend wohnt dort eine Familie Günter. Wer genau das ist, keine Ahnung.« Kurz darauf meldete sich das Navi und Hinteregger bog in eine Einfahrt ein. Vor einer Garage blieb er stehen.
»Schaut doch ganz einladend aus!«, war sein erster Kommentar. Und auch Hartmann musste ihm zustimmen. Vor ihnen lag, ein in hellen Farben gestrichenes Haus, das sehr einladend wirkte. Ein schöner, gepflegter Garten zeigte sich in voller Pracht und neben dem Hauseingang plätscherte ein Brunnen friedlich vor sich hin. Auf der kleinen Treppe, die zur Eingangstür führte, saßen zwei Keramikfrösche und schauten die beiden Beamten an. Hinteregger betrachtete das ›Herzlich Willkommen-Schild‹ an der Haustür, runzelte die Stirn und klingelte an der Tür. Hier sollte sich das Handy eines vermissten Mädchens befinden? Hinteregger zweifelte an der Ortungstechnik seiner Kollegen.
Schritte näherten sich und eine Frau, die Hinteregger auf Mitte Vierzig schätzte, öffnete die Tür.
»Ja bitte?« Hinteregger trat einen Schritt nach vorn.
»Guten Tag Frau Günter!« begann er.
»Mein Name ist Alois Hinteregger und das ist mein Kollege Oliver Hartmann. Wir sind von der Kemptner Polizei und ermitteln im Fall der vermissten Lena Brandt. Sie haben doch sicher schon davon gehört?!« Die Frau nickte.
»Und was führt Sie dann zu uns?« In Frau Günters Stimme lagen eine Mischung aus Unverständnis und Verwirrung.
»Nun, Frau Günter,« meldete sich jetzt auch Hartmann zu Wort.
»Unsere Kollegen haben eine Signalortung von Lena Brandts Handy durchgeführt und konnten ein direktes Signal orten.« Frau Günter sah Hartmann an.

»Ja, das ist doch super, oder?!«
Hartmann blickte ihr direkt in die Augen.
»Frau Günter, das Handysignal wurde direkt hier, an dieser Adresse geortet!« Frau Günter starrte Hartmann perplex an. Dann fing sie an zu lachen. Die beiden Polizisten schauten sich an. Frau Günter lachte weiterhin lauthals.
»Sie wollen mich veräppeln, oder?« Hinteregger sah Frau Günter ernst an.
»Keineswegs Frau Günter. Wir haben leider keinen Grund zu Spaßen!« Das Lachen verstummte und Ungläubigkeit füllte wieder die Augen Frau Günters.
»Jetzt mal im Ernst meine Herren«, begann sie.
»Wieso sollte sich das Handy eines vermissten Mädchens, dazu eines Mädchens, das wir nicht einmal kennen, gerade bei uns im Haus befinden?!«
Fragend blickte sie die Polizisten an.
»Das kann ich Ihnen auch nicht sagen Frau Günter« antwortete Hartmann.
»Aber gerade darum das herauszufinden, sind wir ja hier.« Noch immer lag eine Ungläubnis und Unsicherheit in Frau Günters Stimme.
»Na gut, okay. Und wie soll's jetzt weitergehen?«
»Dürften wir uns mal bei Ihnen umsehen Frau Günter?«, fragte Hinteregger.
»Könnte ich bitte Ihre Ausweise und Dienstmarken sehen?«, fragte diese. Beide Polizisten zogen ihre Marken heraus und zeigten sie Frau Günter. Diese zögerte noch kurz, doch dann bat sie die Beiden doch ins Haus. Als Hinteregger eintrat, fiel ihm sofort die Sauberkeit auf. Sowohl der Garten als auch das Haus schienen in einem sehr gepflegten Zustand zu sein. Frau Günter führte sie in das Wohnzimmer des Hauses und blickte die Beiden fragend an.
»Gut, wie kann ich Ihnen jetzt helfen?«, fragte sie.
Hinteregger zog einen Notizblock heraus, während sich Hartmann im Raum umsah.
»Frau Günter, darf ich mich hier ein bisschen umsehen?«, fragte er dann. Frau Günter sah ihn unsicher an, doch dann nickte sie doch.

»Nur bitte klauen Sie mir nichts!«, lächelte sie Hartmann unsicher an.
»Keine Sorge Frau Günter, wir sind hier um ein Handy zu finden, nicht um Sie auszurauben!«
»Frau Günter,« begann Hinteregger jetzt.
»Wo waren Sie am Samstag den 14ten?« Frau Günter setzte sich und beantwortete Hintereggers Frage, ohne ihren Blick von Hartmann zu lassen.
»Ich war daheim. Zusammen mit meinem Mann habe ich ›Wetten Dass….‹geschaut. Wissen Sie, mein Mann arbeitet im Außendienst und ist deshalb viel auf Reisen«, fuhr sie fort. »Und wenn er dann mal daheim ist, dann genießen wir die gemeinsame Zeit.« Hinteregger nickte.
Er ließ seinen Blick schweifen und dieser blieb an einem Foto hängen, das auf einem Schrank stand. Er trat vor und nahm das Bild.
»Das sind mein Mann und unsere zwei Söhne«, sagte Frau Günter.
»Wie alt sind die Beiden?«, fragte Hinteregger.
»Benny ist Neunzehn und David Dreizehn«.
»War Benny an dem Samstag zufällig in Görisried beim ›Go to Gö‹?«, fragte Hinteregger. Frau Günter zuckte nur mit den Schultern.
»Keine Ahnung, ehrlich gesagt.« Hinteregger schwieg und wartete, ob Frau Günter noch weiterreden würde.
»Wissen Sie,« begann diese tatsächlich zu erzählen. »Benny hat früher schon nicht auf das gehört, was man ihm gesagt hat. Wenn er etwas wollte, dann setzte er seinen Sturkopf durch und tat es! Mein Mann war ja oft nicht da und auf seine Mutter hört er erst Recht nicht!« Hartmann hatte seine Suche beendet und traf wieder auf die Beiden. Frau Günter sah ihn kurz an und fuhr dann fort.
»Und seit Benny Achtzehn ist, lässt er sich sowieso nichts mehr sagen! Er gibt mir deshalb auch nie Bescheid, wohin er geht oder was er macht.« Sie blickte die beiden Ermittler an.
»Ich bin ja schon froh, wenn er sich zum Mittagessen blicken lässt!« Die Polizisten sahen sich an und Hart-

mann erkannte sofort das Mitgefühl in Hintereggers Blick. Der räusperte sich.
»Frau Günter, wie erreichen wir Benny?« Frau Günter drehte sich in Richtung Treppe und zeigte nach oben.
»Er ist da. In seinem Zimmer.« Die Polizisten ließen sich von Frau Günter nach oben führen. Aus einer geschlossenen Tür dröhnte laute Musik. Hinteregger erkannte sofort ›Sweet Child O´Mine‹ von Guns N Roses und ein Lächeln huschte über sein Gesicht. Wenigstens einen guten Musikgeschmack schien der junge Herr Günter zu haben.
Frau Günter öffnete die Tür ohne anzuklopfen.
»Benny, mach das Geschrei aus! Du hast Besuch!«
Naja, ein »Geschrei« war das jetzt nicht gerade, dachte sich Hinteregger, sagte aber nichts.
Er blickte in das Zimmer, das vollgehängt mit Postern von Rockstars war. Auf dem Bett saß ein junger Mann, im Mund eine Zigarette und blickte sie überrascht an.
»Raus hier!«, schrie er, ohne auf seine Mutter zu hören. Hartmann trat vor und zog deutlich sichtbar seine Polizeimarke. Benny Günter starrte darauf und ohne seinen Blick von den Polizisten zu lassen, griff er nach einer Fernbedienung und sofort wurde es still im Raum. Benny Günter nahm einen Zug von seiner Zigarette und seine Augen funkelten.
»Was wollt´s ihr hier?«, rief er.
»Benny! Reiß dich zamm!« Frau Günter sah ihren Sohn böse an. »Und leg den Stinkstumpen weg!« Benny grinste seine Mutter nur an und zog nochmal genüsslich und demonstrativ daran. Hinteregger schob Frau Günter sanft zur Seite und trat vor.
»Benny, ich bin Alois Hinteregger von der Kemptner Kripo. Dürfen wir Dir ein paar Fragen stellen?« Ein Zucken huschte über Bennys Gesicht und er starrte Hinteregger wortlos an. Ungerührt fuhr Hinteregger fort.
»Wo warst Du am Samstag den 14ten?« Benny schaute Hinteregger feindselig an.
»Ich wüsste nicht, was Sie das angeht!« Hartmann trat jetzt auch nach vorn.

»Du hast doch sicher mitgekommen, dass seit dem ›Go to Gö‹ nach einem Mädchen gefahndet wird Benny.«
»Na und?«, entgegnete der.
»Was geht mich das an?« Benny nahm einen tiefen, langen Zug und stopfte seine Zigarette in den Ascher. Hinteregger beobachtete ihn dabei. Hartmann fuhr fort.
»Seit ihrem verschwinden, fehlt auch von dem Handy des Mädchens jede Spur«. Hinteregger beobachtete den Blick von Benny und er meinte, kurz ein Zucken beobachtet zu haben.
»Unsere Kollegen haben eine Ortung durchführen lassen«, erzählte Hartmann weiter.
»Und jetzt rate mal, wo wir es genau orten konnten!« Benny lachte kurz auf. Hinteregger fand, dass es sich allerdings wie ein leicht gespieltes Lachen anhörte.
»Also ich weiß ja nicht, was ihr da für tolle Experten habt`s«, begann Benny jetzt.
»Aber ich hab nichts mit irgendeinem Handy zu tun und weiß auch nicht wo es ist!«
»Benny, bitte sei ehrlich!«, rief seine Mutter.
»Was soll der Scheiß hier?! Was wollt`s ihr von mir Mann?«, brüllte Benny plötzlich los und seine Mutter zuckte erschrocken zusammen. Hartmann versuchte es erneut.
»Benny, bist Du dir sicher, dass Du nichts weißt?«
»Nein und jetzt verpisst´s euch endlich aus meinem Zimmer!« Bennys Augen funkelten wild.
»Kein Grund zur Aufregung Benny!«, beschwichtigte Hinteregger.
»Wir sind ja gleich weg!« Er blickte zu Hartmann.
»Ich muss mal kurz telefonieren«. Hartmann blickte erstaunt zurück aber nickte nur. Daraufhin verließ Hinteregger den Raum. Hartmann versuchte es nochmal in einem beschwichtigenden Ton.
»Benny, wenn wir das Handy hätten, könnten wir vielleicht nachvollziehen, was in den Stunden vor Lenas verschwinden passiert ist!«
»Und ich sage Ihnen, dass ich nicht weiß wo das blöde Ding ist!« Hartmann atmete tief durch. Hier war nicht mit

großer Hilfe zu rechnen und er war schon zu lange im Geschäft, um zu wissen, dass hier nichts zu machen war. Er dachte insgeheim über einen Durchsuchungsbefehl nach. Doch würde das etwas bringen? Wenn der Junge etwas wüsste, dann war er jetzt gewarnt. Gerade als Hartmann sich umdrehte und das Zimmer verlassen wollte, hörte er es. Die Titelmusik von der ehemaligen Fernsehserie ›Beverly Hills 90210‹ schallte durch den Raum. Hartmann drehte sich um und blickte in das versteinerte Gesicht von Benny Günter.

»Das, das ist meins!«, stotterte der vor sich hin. Dann brach das Klingeln ab und für Sekunden war es still im Raum. Benny starrte Hartmann an. Dann klingelte es erneut und riss Hartmann aus seinen Gedanken.

»Gib mir das Handy oder muss ich's mir selber holen?!« Hartmann blickte Benny scharf an, der nur steif da saß und sich nicht rührte.

»Benny!«, Frau Günter rief jetzt auch.

»Hast du das Ding? Herrschaft, dann gib's halt her!« Benny schien zu erkennen, dass es nicht gut für ihn aussah. Wie in Zeitlupe zog er einen Rucksack nach oben, fingerte in ihm herum und zog ein Handy heraus. Im gleichen Moment trat Hinteregger wieder in den Raum. Er hielt ein Handy am Ohr und blickte Hartmann an. Er nahm das Handy vom Ohr und tippte auf den roten Knopf. Im gleichen Moment verstummte das Handy in Bennys Händen. Hartmann lächelte seinen Kollegen anerkennend an. Dann wandte er sich wieder Benny zu, der auf sein Bett zurück gesunken war und jetzt auf einmal nicht mehr so cool wirkte.

»Ich glaube, Du hast uns etwas zu erklären!«, sagte Hinteregger.

»Und ich rate Dir, das sofort zu tun!«

Benny zündete sich eine neue Zigarette an, nahm einen Zug und schaute Hinteregger an.

»Ja okay. Ich war an dem Samstag auf'm ›Gö‹. Und ja, das ist scheinbar das Handy von dem Mädel, aber ich hab mit ihrem verschwinden nichts zu tun, das schwör ich!« Hinteregger blickte dem Jungen weiterhin tief in die

Augen. Er wollte erkennen, ob er die Wahrheit sprach oder ob er sie anlog.

»Weiter!«, kommentierte Hartmann.

»Wie bist Du an das Handy gekommen?«, fragte er. Benny blickte auf das Handy.

»Ich hab`s gefunden!« Sein Blick wanderte zu Hinteregger.

»Ich musste mal zum pissen und bin vors Zelt gegangen«, fing er an zu erzählen.

»Und als ich da so gestanden bin, seh ich auf dem Boden was liegen. Ich heb's auf und seh, dass es ein Handy ist.« Schweigend lauschten die Polizisten seiner Erzählung.

»Ich bin nicht blöd und ich weiß wie viel so ein Handy wert ist! Ich meine, das ist ein iPhone5, dafür bekommst du eine Stange Geld!«, versuchte er sich zu verteidigen. Die Hoffnung auf einen anerkennenden Blick der Polizisten blieb offen. Benny fuhr fort.

»Für das Geld bekommt man bei Ebay ein paar Hundert Euro! Und die wollte ich mir nicht entgehen lassen!« Hinteregger brach sein Schweigen.

»Ist Dir nicht in den Sinn gekommen, dass das Handy jemandem gehört und Du es zurückgeben musst?!« Benny lachte laut auf und für einen kurzen Moment schien er wieder der Alte zu sein.

»Die ist doch selber Schuld wenn sie's verliert!«, kommentierte er. Frau Günter schüttelte nur den Kopf und murmelte etwas vor sich hin.

»Wusstest Du, dass es das Handy von Lena Brandt ist?«, fragte nun Hartmann. Benny nickte.

»Ja, ich war neugierig. Hab das Ding nach Fotos und SMS durchsucht. Der Pin war so leicht zu knacken. Einfach nur dämlich! Außerdem muss man es ja sowieso auf Werkseinstellung zurücksetzen, sonst kauft das Ding ja keiner!« Hinteregger blickte Benny an. War so die Jugend von heute? Skrupellos und einfach nur auf Geld aus?

»Hast Du die Daten darauf gelöscht?«, fragte Hartmann nervös.

»Nein, ich hab's angemacht und mir die Fotos angeschaut«, erzählte der jetzt wieder.
»Und ich hab das alles natürlich auch im Fernsehen gesehen. Ich hab mir die Bilder nochmal angeschaut und mir war sofort klar, dass das ihr Handy ist.«
»Und dann?«, fragte Hinteregger.
»Dann bekam ich Angst«, antwortete Benny.
»Ich wusste nicht was ich tun sollte. Das Handy verkaufen und viel Geld einstreichen oder es doch der Polizei melden.« Es steckte also doch noch ein bisschen Ehrlichkeit in dem Jungen, dachte sich Hinteregger.
»Doch dann hab ich mir gedacht, die Polizei nimmt mich doch sicher fest, wenn sie sieht, dass ich das Handy hab!« Ängstlich schaute er die Polizisten an, die keine Miene verzogen.
»Das tun Sie doch jetzt nicht oder? Ich weiß echt nicht was mit ihr passiert ist!«
Keine Reaktion, also fuhr Benny fort.
»Ich konnte mich einfach nicht entscheiden was ich machen soll, deswegen hab ich das Handy in meinen Rucksack gesteckt und plötzlich stehen Sie vor der Tür! Wie hätten Sie denn an meiner Stelle reagiert?« Verzweifelt, fast schon nach Hilfe suchend, starrte Benny in Hartmanns Augen. Der schwieg und musste seine Gedanken sortieren.
»Du hättest Dich in große Schwierigkeiten bringen können! Das ist Dir ja hoffentlich klar!«, antwortete Hinteregger stattdessen.
»Polizeibeamte belügen, wichtiges Beweismaterial verschwinden lassen, darüber zu schweigen.... Damit hättest Du nicht nur die Ermittlungen erschwert, sondern Dich auch erst recht verdächtig gemacht!«, fuhr Hinteregger fort. Benny saß jetzt mit angezogenen Beinen auf dem Bett. Von dem coolen Typen von vorher war nichts geblieben.
»Ich weiß, dass ich Mist gebaut hab und das tut mir ja auch leid!«, versuchte er sich zu verteidigen.
»Was passiert jetzt mit ihm?«, meldete sich Frau Günter zu Wort. Auch in ihrer Stimme zitterte ein bisschen die

Angst vor einer Verhaftung. Hinteregger sah ihr lange in die Augen und wandte seinen Blick dann an Benny.
»Schon allein deswegen, wie er sich hier aufgeführt hat und dafür, dass er uns belogen hat, sollten wir ihn mitnehmen!« Bennys Augen weiteten sich ängstlich.
»Aber wenn wir das mit jedem machen würden, wären unsere Gefängnisse schon bald überfüllt!« Sein Blick blieb auf Bennys Augen gerichtet.
»Ich glaube Dir, dass Du das Handy gefunden hast! Und so wie Du hier sitzt, den Eindruck den wir von Dir bekommen, bist Du noch ein kleiner Junge und zu was anderem nicht fähig!« Benny schwieg und schluckte nur.
»Aber ich warne Dich!«, fuhr der Kommissar fort.
»Wenn Du noch einmal gegenüber Polizeibeamten so respektlos auftrittst oder nochmal auf die Idee kommst, Handys anderer Leute im Internet zu verschachern, dann komm ich und nehm Dich mit!« Wumms, das hatte gesessen. Der Junge saß da wie versteinert und brachte nur ein Nicken heraus. Fast hätte Hinteregger über die Wirkung seiner Ansprache grinsen müssen. Zum Glück meldete sich Hartmann jetzt zu Wort.
»In Ordnung. Ich glaube wir sind hier fertig!«, sagte er.
»Wir haben das Handy und der Junge weiß hoffentlich auch, dass er einen richtigen Mist gebaut hat! Nur noch eine Frage Benny«. Hartmann sah den Jungen an.
»Wo genau hast Du das Handy gefunden?«

6

»Na mein kleiner Engel«. Ein Schaudern durchzuckte sie als die Tür aufging und er den Raum betrat. Sie schüttelte sich, versuchte sich aus ihrer verzweifelten Lage zu befreien, doch die Fesseln an ihren Händen und Füßen hinderten sie daran. Seit er sie an dieses blöde Bett gefesselt hatte, konnte sie sich nicht mehr bewegen und jeder verzweifelte Versuch einer Befreiung war geschei-

tert. Seit Tagen lag sie in diesem kalten, dunklen Kellerraum und schrie nach Hilfe. Doch der Knebel in ihrem Mund verhinderte, dass auch nur ein Schrei nach draußen drang. Zudem hatte sie Angst davor, zu ersticken. Nun stand er vor ihr. Das Scheusal, der Albtraum, der für sie lebendig geworden war. Er trat direkt neben sie, beugte sich mit dem Kopf über sie und sein fauliger Atem schlug ihr ins Gesicht.
»Ich liebe Dich mein Schatz! Das weißt Du doch, oder?!« Ein Lachen gab den Blick auf seine gelben, kaputten Zähne frei und ein Schaudern durchfuhr sie.
Mit aller Kraft die sie hatte, versuchte sie die Fesseln weg zu stemmen, doch es gelang ihr nicht und sie sank schwer atmend zurück. Ihr bebender Körper brachte ihn noch mehr in Wallung und er freute sich noch mehr auf sie.
»Ich wusste es im ersten Moment als ich Dich gesehen hab«, sagte er.
»Wir zwei gehören zusammen!« Ihre Augen weiteten sich und sie schrie Flüche und Drohungen. Doch der Knebel hielt alle Worte in ihrem Mund zurück. Wieder lächelte er und ließ seinen Blick nach unten wandern. Unter ihrer engen, schwarzen Bluse zeichneten sich wohlgeformte Brüste ab. Nicht zu groß, aber auch nicht zu klein. Nein, die hier waren ganz nach seinem Geschmack. Eine Erregung durchfuhr seinen Körper und brachte ihn zum Lächeln. Er streckte seine Finger aus und öffnete einen Blusenknopf nach dem anderen. Das Mädchen zuckte wie wild, versuchte ihren Körper zu heben, sich irgendwie zu wehren. Er sah die Verzweiflung und die Angst in ihren Augen und lächelte sie an als er ihre Bluse öffnete. Ihr BH leuchtete im flackernden Kellerlicht auf. Er musste tief schlucken und sich beherrschen um es nicht zu schnell geschehen zu lassen. Denn sie beide sollten ja etwas davon haben.
Langsam erhob er sich und öffnete den Gürtel zu seiner Hose. Er und Sie, sie würden gleich Eins sein. Er würde in sie eindringen und sie würde erkennen, wie sehr sie ihn auch lieben würde. Sie würden zu zweit den Tanz der

Liebenden tanzen. Nur sie Beide, ohne Zuseher. Der Moment würde nur ihnen gehören. Was für ein wunderbarer Gedanke.
Lächelnd und selig vor Glück, zog er seine Hose aus und legte sie sorgsam auf den Stuhl, der neben dem Bett stand. Direkt neben das Messer, mit dem er ihr nachher die Kehle durchschneiden würde. Auch dieser Moment würde ihn in eine wunderschöne Erregung versetzen. Einen Moment des puren Glücks und der totalen Freude. Und sie war hier und teilte diesen magischen Moment mit ihm. Ja, dachte er. Wir werden danach sehr glücklich sein. Wir beide.

7

Das Hirschgulasch in seinem Teller duftete herrlich. Eine Wohltat für die Geschmacksnerven und auch der Anblick ließ jeden in Versuchung geraten. Die Spezialität der Berger Roswitha war weit über das Kemptner Land hinaus bekannt. So saßen Hinteregger und Hartmann nun im Gasthaus ›Zur Rose‹ über ihrem Essen und Hartmanns Augen leuchteten vor Freude.
»Hast Du keinen Hunger?« Sein fragender Blick traf Hinteregger.
»Doch, schon«, antwortete dieser.
»Aber ich frag mich die ganze Zeit, wieso Lenas Handy draußen vor dem Zelt lag.« Als die beiden Kommissare wieder in Kempten angekommen waren, hatten sie das Handy gleich an Stefan Leitner übergeben, der sich darum kümmern wollte. Vielleicht waren noch ein paar Daten herauszufinden.
Die Kommissare hatten den ganzen Tag noch nichts gegessen und beschlossen, in die ›Rose‹ zu gehen. Denn mit vollem Magen ließ es sich eindeutig besser denken.
»Also, was haben wir?«, fragte Hinteregger. Hartmann

nahm einen großen Schluck von seinem Bier.
»Wir haben das Handy von Lena, worauf Leitner hoffentlich noch etwas findet, was uns einen Anhaltspunkt bietet. Zudem wissen wir, wo Benny Günter das Handy gefunden hat. Wobei uns das auch nicht viel hilft, da das Zelt ja nicht mehr steht«, kommentierte Hinteregger. Die Helfer hatten schnelle Arbeit geleistet und wo das ›Go to Gö- Zelt‹ gestanden hatte, war jetzt nur noch eine leere, totgetrampelte und von Autofurchen durchzogene Wiese.
»Wir müssen uns einen Lageplan des Festivalgeländes besorgen!«, fuhr Hartmann fort.
»So können wir vielleicht die Stelle markieren, wo Benny das Handy gefunden hat.« Hinteregger blickte seinen Kollegen skeptisch an. Ob das wirklich einen Sinn machte und ihnen dabei half Lena zu finden? Er war sich da nicht so sicher. Er ließ seinen Blick durch den Raum schweifen.
»Unsere Zeugensuche hat auch nichts Neues ergeben. Es haben sich nach der Fernsehausstrahlung zwar ein paar Leute gemeldet«, erzählte Hartmann weiter.
»Doch keine Spur war wirklich heiß.«
»So bleibt uns nur abzuwarten, ob die Kollegen im Handy irgendwas finden«, kommentierte Hinteregger.
»So ist es Luis! Aber jetzt wird erst mal fertig gegessen bevor`s kalt wird!« Hartmann hob sein Glas und prostete seinem Kollegen zu. Hinteregger hob ebenfalls sein Glas und dachte sich insgeheim,»Gebt euer Bestes Jungs!«

Als Hinteregger die Haustür hinter sich schloss, war ihm sofort klar, dass mal wieder Ärger in der Luft lag. Er hatte sich eigentlich auf einen ruhigen, stressfreien Fernsehabend mit Chips und vielleicht sogar einem Glas Rotwein gefreut. Doch schon als er vor der Haustür stand, hatte er die Schreie seiner Frau und die laute Stimme seines Sohns gehört. Lukas war eigentlich ein netter, guter Junge. Gut erzogen, immer stets freundlich, gut gelaunt und nett zu allen gewesen. Nie hatte es Ärger gegeben und Hinteregger war deshalb auch sehr stolz auf seine Erziehung gewesen. Vor allem wenn er sich die Kinder von

manch anderem ansah.
Sein Kumpel Erich zum Beispiel hatte einen Jungen, der ein paar Jährchen jünger war als Lukas. Doch der war total verzogen, ließ sich von seinen Eltern nichts sagen und war ein totaler Rotzlöffel! Schon oft hatten Erich und er am Stammtisch zusammen gesessen und Erich hatte ihm von seinem Kummer und dem Stress, den er mit dem Jungen hatte, erzählt. Und jedes Mal war Hinteregger mit einem guten Gefühl heimgegangen. Er hatte bei Lukas einfach alles richtig gemacht!
Doch seit einer Weile hatte sich das alles schlagartig geändert. Lukas hatte seinen zwanzigsten Geburtstag feiern wollen. Hinteregger hatte es ihm erlaubt und sogar ein wenig Geld für den Alkohol spendiert. Er hatte sich als »cooler« Vater zeigen wollen und für seine Frau und sich Karten für ein Konzert in der ›Big Box‹ besorgt. So, dass Lukas und seine Freunde das Haus für sich allein hatten. Lukas hatte versprochen, dass nur ein paar Freunde kommen würden und sie die Party im kleinen Rahmen halten würden. Hinteregger hatte seinem Sohn vertraut. Warum hätte er es auch nicht tun sollen?
Sein Sohn war ja schließlich gut erzogen und er stolz auf ihn. So hatten er und seine Frau Rita sich einen wunderschönen Konzertabend gemacht, diesen mit ein paar Drinks in einem nahe gelegenem Restaurant ausklingen lassen und waren danach gut gelaunt und beschwingt nach Hause gefahren. Doch als sie in die Einfahrt bogen, hätte sie fast der Schlag getroffen!
Gefühlt hunderte Leute sprangen um das hell erleuchtete Haus herum und mitten in der Garageneinfahrt saß eine Gruppe junger Männer, die an einer Wasserpfeife zogen. Auf dem Weg zur Haustür lag ein anderer in seiner eigenen Kotzlache und würgte vor sich hin. Draußen im Garten stand das gute Sofa der Familie und ein Kerl war gerade dabei, einem Mädel den Rock hoch zu schieben. Hinteregger hatte einen Schrei losgelassen und war auf das Pärchen zugesprungen, woraufhin die Beiden vom Sofa sprangen. Der Junge hatte es im Schreck nicht mehr geschafft, seine Hose hoch zu ziehen, war gestolpert und

mitten in das, in den Tagen zuvor, liebevoll eingepflanzte Blumenbeet von Rita gefallen. Als er sich aufraffte, waren die Blumen nur noch ein einziger platter Matschhaufen gewesen. Der Junge hatte seine Hose hochgerissen und war davon gesprintet. Hinteregger im Schlepptau.
Doch der Kommissar hatte schnell einsehen müssen, dass er in seinem Alter gegen den flinken Jungspund keine Chance mehr hatte. Schnaufend hatte er sich umgedreht und in die entsetzten Augen seiner Frau gesehen. Diese war nicht mehr fähig gewesen etwas zu sagen, sondern stand nur stocksteif da.
In Hinteregger war eine riesige Wut hochgekocht und er wollte seinen Sohn nur noch am Kragen packen. So war er, Rita im Schlepptau, durch die Verandatür ins Haus gestürmt. Im Wohnzimmer dröhnte laute Musik aus den Boxen und es ging zu wie auf einem türkischen Basar. Überall standen, oder lagen, junge Menschen herum, tranken Alkohol oder rauchten. Die rauchten! In seinem Wohnzimmer! Hinteregger war kurz vor der Explosion gewesen. Mit großen Schritten war er auf eine Gruppe Raucher zugestürmt und hatte ohne groß nachzudenken, einem die Kippe aus dem Mund geschlagen und sie ausgetreten.
»Hey Alter! Spinnst Du oder was?!«, hatte ihn der Typ angebrüllt.
»Willst Du Stress oder was?!« Der Junge war hochgeschossen und hatte sich direkt vor Hinteregger aufgebaut. Die Gesichter der Beiden waren direkt aneinander gewesen. Provozierend schaute der Kerl Hinteregger in die Augen, worauf dieser kurz davor gewesen war, seine letzte Beherrschung zu verlieren. Einer der Raucher die am Boden saßen hatte «Schlägerei« gebrüllt und alle Umherstehenden ihre Köpfe den Beiden zugewandt.
Die Stimmung hatte den Siedepunkte erreicht und alle warteten darauf, wer von den Beiden den ersten Schlag abgeben würde. Mitten in die Stille des Moments hinein, hatte plötzlich eine Stimme gebrüllt:
»Nico, lass den Scheiß! Der Typ ist ein Bulle!« Alle Köpfe hatten sich in die Richtung gedreht, aus der die Stimme

kam und sie sahen einen kleinen, dicken Halberwachsenen, der für sein Alter viel zu jung aussah und mit seinem Hawaiihemdchen und dem Bier in seiner Hand reichlich dämlich aussah.

Auch Hinteregger und sein Gegenüber, Nico wie er jetzt ja wusste, hatten reagiert und starrten das Hawaiimännchen an.

Das quäkte: »Mann Nico, das ist Lukas Vater! Der ist ein Kemptner Bulle!« Alle hatten ihre Köpfe wieder zu den Beiden umgedreht, denn die Sache hatte angefangen spannend zu werden. Nico hatte sich wieder seinem Konkurrenten zugewandt und mit wütenden Augen Hinteregger angeblickt. Ein paar Sekunden hatten sich die Beiden wortlos in die Augen geschaut, dann fand Hinteregger seine Stimme wieder. Mit bedrohlichem Unterton hatte er begonnen zu sprechen.

»Ihr macht jetzt die verdammte Musik aus und verschwindet aus meinem Haus! Und zwar sofort!« Das tief aus seinem Herzen kommende «Sofort« schrie er Nico in voller Lautstärke um die Ohren. Dieser hatte ihn angestarrt und man hatte gemerkt, dass er mit sich rang.

Doch dann hatte er sich langsam umgedreht, nicht ohne seinen Blick von Hinteregger lösend.

»Hauen wir ab Leute!«, sagte er und die Jungs waren aufgestanden. Nico hatte Hinteregger weiterhin feindselig angestarrt.

»Komm, lass gut sein Nico! Lass uns abhaun!«, hatte einer der aufgestandenen Raucher gesagt. Dann hatte sich Nico umgedreht und war zur Tür gelaufen. Vorbei an Rita, deren Blick mittlerweile ein Mix aus Entsetzen und Angst geworden war. Nicos Blick war an ihrem Gesicht hängen geblieben als er aus der Verandatür trat. Seine Kumpels waren ihm gefolgt. Das Beispiel der Jungs ließ die anderen Partygäste aus ihrer Trance erstarren und innerhalb von Sekunden war der Raum leer gewesen. Hinteregger hatte schwer vor sich hingeatmet und beobachtet, wie das Partyvolk sein Haus und seinen Garten verließ.

»Wo ist Lukas?« Ritas Worte hatten ihn aus seiner Starre

gerissen. Er war zur Stereoanlage gegangen und hatte das Kabel aus der Steckdose gerissen. Im nächsten Moment war die Musik verstummt und es war still geworden im verlassenen und verwüsteten Wohnzimmer. Schritte hatten sich genähert und ein zurückgebliebener Partygast war die Treppe herunter gesprungen.
»Ey Mann, was ist denn hier los? Macht die scheiß Mus...«.Weiter kam er nicht als er die beiden Hintereggers im leeren Raum stehen sah.
»Shit«, entfuhr es ihm und mit schnellen Schritten und einem Sprint, der sogar Usain Bolt zum Staunen gebracht hätte, war er aus der offenen Verandatür gestürmt. Rita und Alois hatten sich angesehen und der Mann des Hauses hatte tief durchgeatmet. Ohne ein weiteres Wort war er an seiner Frau vorbeigelaufen und die Treppe zu den Schlafzimmern hinauf gestürmt. Rita war ihm ängstlich gefolgt. Als sie Lukas Zimmer erreicht hatten, hatte er ihr kurz zu genickt und die Tür mit voller Kraft aufgedrückt. Auf dem Bett hatten ein junges, blondes Mädel und ihr Sohn gelegen. Dieser war vor Schreck hochgefahren und hatte seine Eltern mit großen Augen angestarrt.
»Anziehen!«, hatte Hinteregger nur geknurrt.
»Anziehen und raus hier!« Seine innere Ruhe hatte ihn überrascht. Doch sowohl er, als auch Rita hatten ganz genau gewusst, dass das nur die Ruhe vor der Explosion war. In Windeseile und mit roten Backen hatte sich das Mädel angezogen. Mit ängstlichen Blick war sie an Hinteregger vorbei geflitzt und die Treppe hinunter geeilt. Lukas der sich ebenfalls angezogen hatte und sich schickte es ihr gleich zu tun, wurde durch das scheppernde Zuschlagen seiner Zimmertür aufgehalten. Und dann war ein Gewitter über ihn hereingebrochen, das dem heftigsten Orkan der Weltgeschichte locker Konkurrenz gemacht hätte. Die Nachbarn würden sich noch Jahre danach erzählen, wie der sonst so ruhige Alois Hinteregger so laut geschrien hatte, wie sie es zuvor und danach nie wieder von ihm gehört hatten. In dieser Nacht war der Stolz eines Vaters und das gute Verhältnis innerhalb der

Familie zerbrochen.

Seit diesem Abend war die Stimmung im Haus angespannt. Rita hatte sich zum Glück von ihrem Schock erholt und auch sie hatte es Lukas spüren lassen. Der hatte es nicht einsehen wollen, dass seine »kleine« Party komplett aus dem Ruder gelaufen war. Insgesamt hatte die ganze Aktion ein paar kaputte Vasen, eine vollgesprayte Wand, etliche zerdepperte Gläser, ein zerstörtes Blumenbeet und ein voll gekotztes Sofa nach sich gezogen. In seiner ersten Erregung hatte Hinteregger Lukas alles angedroht, was ihm an Bestrafungen eingefallen war. Nur mit Mühe und Not hatte er sich beherrschen können und sich selbst davon abhalten können, seinem Sohn an die Gurgel zu gehen. Die Tage darauf hatte Funkstille zwischen Vater und Sohn geherrscht. Danach hatten sich die Beiden darauf ›geeinigt‹, dass Lukas für den kompletten Schaden aufzukommen hatte. Wobei ›geeinigt‹ eher die Entscheidung von Hinteregger Senior gewesen war.
Jetzt betrat er also sein Haus und Lukas kam ihm schreiend und schimpfend aus der Küche entgegen. Rita im Schlepptau. Lukas riss die Haustür auf und brüllte
»Ich zieh aus! Kein Bock mehr auf den Scheiß hier!«
»Dann mach's doch! Aber glaub ja nicht, dass Du dich hier noch einmal blicken lassen darfst!«, schrie Rita.
Hinteregger hörte nur noch ein »Das will ich auch gar nicht mehr! Ihr könnt's mich mal!«, von seinem Sohn. Er ließ sich auf sein Sofa plumpsen, schlug die Hände vors Gesicht und atmete tief durch. Im Moment schien alles alt und kaputt zu sein. Nur sein Sofa, das war neu. Das Vollgekotzte lag auf dem Wertstoffhof. Zusammen mit dem Stolz über seinen doch so toll erzogenen Sohn.

8

Die trockene Erde knackte und knirschte als er die Schaufel in sie hinein grub. Voll beladen und unter Schnaufen hob er sie wieder hoch und wuchtete die Erde auf den Berg, den er schon geschafft hatte. Er lehnte sich schnaufend auf die Schaufel und wischte sich mit dem Ärmel den nassen Schweiß von der Stirn. Tief durchatmen! Was war das? Hatte er nicht gerade ein Knacksen gehört? Erschrocken drehte er sich in die Richtung, aus der das Geräusch gekommen war. Niemand war zu sehen, nur der dunkle, leere Wald. Er musste sich das Geräusch eingebildet haben. »Knack«. Da, da war es wieder! Sein Pulsschlag erhöhte sich und Schweißperlen bildeten sich auf seiner Stirn. Hatte ihn jemand bemerkt? War ihm jemand gefolgt? Unmöglich, beruhigte er sich. Als er aus dem Auto am Waldrand gestiegen war, hatte er sich mehrfach vergewissert, dass er allein war. Und das war er ja auch. Denn wer war schon mitten in der Nacht im Wald unterwegs. Außer man hatte etwas zu erledigen. Bei dem Gedanken musste er fast schon wieder grinsen. »Knack«. Verdammt, was war das? Er umfasste den Griff der Schaufel fest mit beiden Händen und schritt nach vorne. »Knack«. Da, es kam von dem Busch der ein paar Meter vor ihm lag! Sein Puls raste und der Schweiß rann ihm in Strömen das Gesicht herunter. Jetzt stand er kurz vor dem großen Busch. »Knack«.
Da war es wieder! Er nahm all seinen Mut zusammen und schlug so fest er konnte in den Busch hinein. Zack, es knackte, als die Schaufel sich durch die dünnen Äste bohrte. In diesem Moment schoss ein kleiner Angreifer auf ihn zu und er schrie auf. Der Marder fetzte an seinen Füßen vorbei, brachte ihn ins trudeln und fast hätte er das Gleichgewicht verloren. Doch er konnte sich gerade noch abfangen und blieb stehen. Sein Puls war am Anschlag und sein Herz schlug wie wild. Nur langsam konnte er sich beruhigen. Er stützte die Hände auf die zittern-

den Knie und schnaufte durch. Langsam kehrte wieder Ruhe in ihm ein.

»Du gottverdammtes Drecksvieh!«, flüsterte er leise vor sich hin und musste dabei über seine eigene Schreckhaftigkeit lachen. Da hatte ihm so ein kleines Tier einen Todesschrecken eingejagt. Gerade ihm! Jetzt musste er doch leise lachen. Irgendwas ironisches hatte das schon. Er atmete tief durch und drehte sich wieder um. Genug Zeit vertrödelt. Er hatte noch etwas zu erledigen. Und das wollte er so schnell wie möglich schaffen. Nicht, dass er doch noch einen unerwünschten Besuch erhielt. Mit voller Kraft wuchtete er die Schaufel in die schon staatliche Grube. Bald hatte er es geschafft! Er wandte sich um und sein Blick fiel auf das Mädchen, das neben ihm lag und darauf wartete in den ewigen Schlaf gebettet zu werden. Ihre Augen waren weit geöffnet und fast schien es so, als würde sie ihn bei seiner schweißtreibenden Arbeit beobachten. Doch das Leben hinter ihren Augen war genauso leer, wie der Schnitt durch ihre Kehle tief.

9

Schlecht gelaunt und müde betrat Hinteregger das Kommissariat. Heute Morgen kotzte ihn alles ganz besonders an. Aus dem schönen, gemütlichen Fernsehabend war nach der Aktion gestern nichts mehr geworden. Rita hatte sich gar nicht mehr beruhigen können und statt einen schönen Film zum schauen, hatten sie sich über Fehler in ihrer Erziehung gestritten. Fast wäre die Situation noch endgültig eskaliert, als Hinteregger seiner Frau die Hauptschuld daran geben wollte. Sie hatte doch die meiste Zeit mit Lukas verbracht. Er hingegen hatte sich nach ihrer Ansicht ja auch nie einen Dreck dafür interessiert, was der Junge in seiner Freizeit trieb. Er hatte argumentiert, dass er nun mal einen Beruf habe, der nun

mal viel von seiner Zeit in Anspruch nahm. Das war ein ganz schlechter Einwand gewesen, da Rita nun dem Frust darüber, dass er sich ihrer Meinung nach überhaupt nicht mehr für sie interessierte und nichts mehr mit ihr unternehmen würde, freien Lauf ließ .Das stimmte seiner Meinung nach so ja nicht, da die Beiden ja erst vor kurzem noch den Konzertabend zusammen verbracht hatten.
»Ja, einmal in den letzten drei Jahren!«, hatte sie ihm entgegen gepfeffert. «
»Nie lädst Du mich zum Essen ein, nie gehen wir mal ins Kino!« Tränen hatten in ihren Augen gestanden.
»Ach geh, was soll ich im Kino? Da kommt doch eh nur Schmarrn!«, war seine Antwort gewesen. Sie hatte ihn angestarrt, geweint und war ins Schlafzimmer gestürmt. Die Tür hatte sich krachend hinter ihr geschlossen und alle seine Versuche, mit ihr zu reden waren hoffnungslos gescheitert. Die Tür blieb die komplette Nacht geschlossen und ihm war nichts anderes übrig geblieben, als auf dem Sofa zu schlafen. Ohne Kissen, ohne Decke und vor allem ohne seine Frau. Er hatte sich die halbe Nacht herum gewälzt. Nicht nur weil er nicht einschlafen konnte, sondern auch aus Wut über sich selbst.
Wieso hatte er sich so verhalten? Rita hatte ja Recht, in letzter Zeit hatte er nie wirklich viel Zeit für sie und für gemeinsame Aktivitäten gefunden. Alles andere war wichtiger gewesen. Ja gut, er hatte einen anstrengenden Beruf, der ihn sehr forderte und auch oft zu Überstunden zwang. Doch hätte er anstatt mit seinen Schafkopffreunden die Samstage durch zu zocken, besser etwas mit Rita unternommen. Ja, heute Morgen hatte er sich geschämt. So verhielt man sich nicht einer Frau gegenüber. Sie waren schon so lange verheiratet und sie hatte immer zu ihm gehalten. Egal, was auch passiert war, sie stand zu ihm und liebte ihn, so wie er war. Und er selber? Auch er liebte sie doch! Und auch wenn er es sich nicht eingestand, er brauchte sie und ihre Nähe. Das war ihm heute Nacht auf dem kalten, unbequemen Sofa klar geworden.
Rita musste heute später anfangen und er wollte sie nicht

wecken. Deswegen hatte er auf das Klopfen an die Schlafzimmertür verzichtet. Er musste sich unbedingt etwas einfallen lassen, um das wieder gut zu machen. Einen Blumenstrauß oder Karten fürs Kino besorgen. Irgendwas, damit sie ihm verzieh und seinen guten Willen sah.

So trottete er jetzt in Gedanken den Gang zu seinem Büro hinunter und hätte fast Leitner nicht erkannt, der ihm von der Seite etwas zugerufen hatte.
»Was?«, brachte er heraus und drehte sich zu seinem jungen Kollegen um.
»Guten Morgen Herr Hinteregger!«, entgegnete der scheinbar gut gelaunte Leitner. Hinteregger fragte sich in diesem Moment, wie zum Geier es der Kerl schaffte, immer so gut gelaunt zu sein.
»Morgen«, murmelte er zurück. Leitner stand jetzt grinsend neben ihm.
»Na, schlecht aus den Federn gekommen?«
»Wie man's nimmt«, grummelte Hinteregger zurück und dachte sich insgeheim, »hoffentlich verzieht der sich schnell wieder«. Er riss sich zusammen.
»Also Stefan, was gibt's?«
»Wir haben gestern Nachmittag noch das Handy von Lena Brandt auf Spuren untersucht!«, erzählte der. Wir haben ihre Bilder angeschaut, ihre Nachrichten gelesen und alle Dateien auf den Kopf gestellt«. Hinteregger wurde hellhörig. Doch, das interessierte ihn jetzt schon. Hatten seine Kollegen möglicherweise einen brauchbaren Hinweis gefunden?
»Habt ihr was gefunden?«, fragte er deswegen schon interessierter. Leitner bemerkte das plötzlich gesteigerte Interesse seines Vorgesetzten und grinste versteckt in sich hinein.
»Wie man's nimmt. Das meiste waren Nachrichten von ihren Freundinnen oder ihrer Mutter. Ziemlich belangloses Zeug. Aber...«. Leitner machte eine Pause um seinen Worten Spannung zu verleihen.
»Aber?!«, fragte Hinteregger ungeduldig.

»In letzter Zeit bekommt sie immer häufiger Nachrichten von einem Tobi!«
»Tobi weiter?«, fragte Hinteregger.
»Das wissen wir noch nicht«, antwortete Leitner.
»Wir sind gerade noch dabei es herauszufinden.«
»Wie wollt ihr das herausfinden?«, fragte Hinteregger. Leitner kratzte sich an seinem Dreitagebart.
»Naja, ich dachte daran, einfach Lenas Mutter oder Lenas Freundinnen zu fragen. Einer wird diesen Tobi doch wohl kennen, oder?!« Hinteregger betrachtete seinen Kollegen und nickte dann zufrieden. So konnte ein Tag doch eigentlich immer beginnen. Mit produktiven Infos, die sie weiter brachten. Zudem lenkte ihn der Fall vom Stress zu Hause ab.
»Okay Stefan. Gut gemacht!« Leitner grinste und freute sich ob des Lobes seines Vorgesetzten.
»Danke Chef! Ich schau dann mal wieder weiter«, antwortete er. »Es gibt ja noch schließlich viel zu telefonieren.«
»Alles klar Stefan. Halte mich bitte auf dem laufenden, ja?!« Leitner drehte sich um und verschwand in seinem Büro. Hinteregger fühlte sich mit einem Schlag viel besser, viel lebendiger. Vielleicht hatten sie jetzt ja einen wichtigen Anhaltspunkt. Hinteregger brauchte dringend Nahrung für seine Gedanken und steuerte Richtung Küche. »Hoffentlich geht die blöde Kiste wieder«, dachte er in Gedanken an die Kaffeemaschine.

Der Vormittag hatte sich bisher entspannt und ruhig dahin gezogen. Hinteregger hatte aus Mangel an Arbeit eine alte Akte herausgezogen an der er schon seit Jahren herum tüftelte. Es ging darin ebenfalls um ein junges Mädel aus der Gegend. Vor über 30 Jahren, hatte sich die damals sechzehnjährige Daniela aus Wildpoldsried aus nie geklärten Umständen das Leben genommen. Er war damals noch ein junger Polizist gewesen und sein Vorgänger hatte in dem Fall ermittelt. Georg Landerer war ein toller Polizist gewesen und hatte den ein oder anderen, für manche unlösbaren, Fall aufgedeckt. Doch auch an dieser Geschichte hatte er sich die Zähne ausgebissen. Bis zu seiner Pensionierung sollte dies der einzige Fall bleiben, den Landerer nie hatte lösen können. An seinem letzten Arbeitstag hatte er damals die Akte an seinen jungen Nachfolger Alois Hinteregger übergeben und ihm ein Essen versprochen, sollte er es jemals schaffen den Fall zu lösen. Hinteregger hatte sich damals sofort an den Fall gemacht. So ein Essen, spendiert von seinem geschätzten und bewunderten Vorgänger wollte er sich natürlich nicht entgehen lassen. Doch schon schnell hatte auch Hinteregger erkennen müssen, dass der Fall nicht so einfach zu lösen war. Ein Mädchen, das eigentlich alles hatte, was man sich wünschen konnte. Eine gute Familie mit liebevollen Eltern, zwei nette Brüder, gute Noten in der Schule und dadurch auch eine exzellente Zukunftsaussicht.

Doch all das schien für Daniela wie auf einen Schlag nicht mehr wichtig zu sein und man fand sie eines Morgens leblos an einem Baum hängend. Alles, aber auch wirklich alles deutete auf Selbstmord hin. Vor allem, weil sie sich am Abend davor noch mit ihren Eltern gestritten hatte und weinend in ihrem Zimmer verschwunden war. Ihre Eltern machten sich damals natürlich riesige Vorwürfe das sie daran Schuld waren, dass Daniela sich umgebracht hatte. Doch schon Georg Landerer hatte damals Zweifel an der Selbstmordtheorie gehabt und immer gemeint das da etwas nicht stimmen würde. Doch er hatte nie eine Erklärung dafür finden können. So lag die Akte also bis heute auf Hintereggers Schreibtisch und er hoffte darauf, irgendwann eine Antwort auf das »Warum« zu bekommen.

Lärm und Geschrei aus dem Vorraum rissen Hinteregger aus seinen Gedanken. Er legte die Akte beiseite und stand auf um nachzusehen, was da draußen los war. Das Gebrüll kam aus dem Vorzimmer, in dem seine Kollegen die ›Kundschaft‹ annahmen. In diesem Moment stand dort ein großer, glatzköpfiger Mann mit einem hochroten Kopf und schimpfte wild gestikulierend auf einen Kollegen Hintereggers ein.

»Was ist hier los?«, rief Hinteregger und betrat den Raum. Der Mann schwieg abrupt und drehte sich zu ihm um. Auch der Hilfesuchende Blick seines Kollegen traf ihn.

»Das ist Herr Brandt«, erklärte der Polizist.

»Brandt?«, erstaunt blickte Hinteregger den Mann an.

»Ja. Wilhelm Brandt um genau zu sein!«, antwortete dieser. Noch bevor Hinteregger etwas sagen konnte, fuhr dieser fort.

»Ich bin der Onkel von Lena«.

»Okay. Und was können wir für Sie tun?«, fragte Hinteregger.

»Endlich meine Nichte finden verdammt nochmal!«, polterte Brandt wieder los. Und sofort wechselte seine Gesichtsfarbe wieder auf dunkelrot. »Herr Brandt«, versuchte Hinteregger zu beschwichtigen.

»Wir versuchen alles uns denkbar mögliche um Lena zu finden! Das können Sie mir glauben!«

»Ach Schmarrn!«, wetterte Brandt zurück.

»Wenn ihr das tun würdet`s, hättet`s ihr Lena schon lange gefunden!« Der aggressive Ton und die Lautstärke von Brandt zerrten an Hintereggers Nerven.

»Es gibt überhaupt keinen Grund, hier so herum zu brüllen!«, entgegnete er jetzt auch mit ernster Stimme.

»Und ob es den gibt!«, fuhr Brandt ihn an. Hintereggers Kollege traute sich nichts mehr zu sagen und beobachtete Hinteregger, wie dieser direkt vor Wilhelm Brandt trat.

»Nochmal Herr Brandt«, begann er ruhig.

» Es gibt keinen Grund sich hier so aufzuführen! Ich verstehe ja, dass die ganze Situation ihre Familie belastet.«

»Einen Dreck verstehen Sie!«, fuhr Brandt Hinteregger an.

»Sie wissen doch gar nicht, wie es ist ein geliebtes Familienmitglied verschwinden zu sehen und zu erkennen, dass die Polizei unfähig ist, sie zu finden!« Hinteregger musste sich beherrschen. Der Ton und das Auftreten seines Gegenübers machten ihn wütend und sein Pulsschlag erhöhte sich merklich. Doch er musste ruhig bleiben. Zurück zu brüllen half hier gar nichts. Deswegen versuchte er es weiterhin in einem bestimmten aber ruhigen Ton.

»Uns belastet es auch, dass wir Lena bisher noch nicht gefunden haben! Das können Sie mir glauben!« Brandt ächzte nur verächtlich und wandte den Kopf zur Seite. Hinteregger fuhr fort.

»Unsere besten Leute arbeiten in einer speziell für diesen Fall zusammen gestellten Soko. Wir arbeiten Tag und Nacht, versuchen jedem noch so kleinen Hinweis nach zu gehen um Lena gesund zu finden!« Hinteregger merkte, dass Brandt zwar immer noch mit sich und seinen Emotionen rang, sich aber doch so langsam aber sicher beruhigte. Und das war ein gutes Zeichen.

»Jeden Tag gehe ich zu meiner Schwester und ihrem Mann«, erzählte Brandt langsam.

»Jeden Tag aufs Neue muss ich die Angst und die Verzweiflung in ihren Augen sehn.« Er blickte Hinteregger tief in die Augen.

»Jeden Tag aufs Neue diese Ungewissheit. Man hört nichts Neues, weiß nicht wo Lena ist.« So ruhig wie in diesem Moment war Brandt heute noch nicht gewesen. Hinteregger musste schlucken, traute sich aber nicht, den Mann zu unterbrechen. Er spürte, dass es Brandt gut tat, darüber zu reden.

Dieser kämpfte jetzt mit den Tränen.

»Lena ist so ein freundliches, liebes Mädel. Wer tut denn bitte sowas?! Sie würde doch keiner Fliege was zu leide tun!« Brandt stützte sich auf den Tresen und wirkte plötzlich ganz gebrechlich und schwach.

»Ich will, dass ihr sie findet und sie uns gesund und munter zurück bringt!« Brandt blickte Hinteregger dabei tief in die Augen. Dem fiel es schwer, den Blick zu halten und er wusste, dass er seine nächsten Worte gut überlegen musste.

»Es stimmt,« begann er. »Ich kann die Angst und die Verzweiflung die in Ihnen tobt nicht fühlen, weil ich Lena nicht kenne. Aber ich versichere Ihnen, dass ich und meine Kollegen alles erdenkbar mögliche tun werden, um

diesen Albtraum schnell zu beenden!«
Brandt kullerten die Tränen die Backen herunter.
»Versprechen Sie es mir!« Hinteregger blickte den Mann mitfühlend an.
»Ich verspreche es Ihnen!«
Wilhelm Brandt nickte und schniefte ein »Danke! Entschuldigen Sie, dass ich gerade so aus der Haut gefahren bin.« Diese Worte gingen vor allem in die Richtung von Hintereggers Kollegen. Der murmelte ein »Ist schon okay.« Hinteregger gab Brandt die Hand, der sie mit einem festen Händedruck umfasste. Die beiden Männer sahen sich in die Augen und Hinteregger wiederholte nochmal seine Worte.
»Ich werde sie finden, versprochen!«

10

Ahhh, der Schluck Kaffee tat gut. Draußen regnete es in Strömen und die Tropfen platschten an die Fensterscheibe. Viele Menschen da draußen waren jetzt sicher genervt davon, im kalten und nassen herum laufen zu müssen. Schimpften vor sich hin und haderten mit dem Wettergott. Er war anders. Er mochte den Regen. Ja, er mochte ihn sehr sogar. Das war bei ihm schon immer so gewesen. Schon als kleiner Junge hatte er draußen rumgetobt, als andere schon lange im warmen verschwunden waren. Gut, es hätte auch so keinen Unterschied gemacht. Die Kinder hatten ihn gehänselt, mochten ihn nicht und mit ihm spielen hätte eh keiner wollen.
Er war schon immer ein Einzelgänger ohne Freunde gewesen. Doch das machte ihm nichts aus. Manche würden jetzt sicher sagen, das geht doch nicht. So ganz ohne Freunde ist das Leben doch langweilig. Man hat niemanden, mit dem man reden kann, niemandem der sich

mit einem trifft. Jeder braucht doch einen, der mit einem seine Sorgen und Probleme teilt. Er nicht. Er brauchte niemanden. Nein, im Gegenteil. Er konnte niemanden gebrauchen, der seine Geheimnisse wissen durfte. Klar, er redete schon gern über sich. Nein, das war nicht richtig. Er redete gern über die Person, die er angab zu sein. Ja, schon besser. Er ließ sich gern fiktive Personen einfallen, konstruierte und bastelte sich das Leben dieser Personen zusammen und machte sie zu seinem. Sein eigenes Leben wäre dafür viel zu langweilig und uninspirierend gewesen. Dagegen waren seine erfundenen, spannend und anziehend.
Er nahm einen Schluck von dem warmen Kaffee und sah aus dem Fenster. Plitsch, platsch, so friedlich und so schön war der Regen. Genauso schön, wie ein junges, hübsches Mädchen. Ein wohliges Zucken durchfuhr ihn und er musste lächeln. Ja, ein junges, hübsches Ding war schon etwas besonderes. Die lebten ihr ach so schönes Leben und glaubten noch an das Gute in der Welt. Pah, das Gute. Das gab es in seiner Welt nicht mehr. Ihm war in seinem Leben nicht wirklich viel Gutes widerfahren und er erwartete auch nicht, dass das Glück an seiner Tür klopfen und »Hallo hier bin ich!«, rufen würde. Nein, nein. Jeder war seines eigenen Glückes Schmied. Jeder musste sein Glück selbst in die Hand nehmen und es zu etwas Besonderem machen. Und genau das tat er. Er nahm sein Glück in die Hand und das junger Mädchen gleichzeitig mit. Er erwartete für seinen Aufwand keine große Dankbarkeit. Nein, er belohnte sich schon selber dafür. Wieder huschte ein Lächeln über sein Gesicht.
Es war ja auch zu einfach mit den jungen Dingern. Man suchte sich einen Chatroom in dem möglichst viele, hauptsächlich weibliche, junge Mädchen aktiv waren. Am besten einen, in dem man das Profil der Mädchen ansehen konnte. Das wichtigste war natürlich das Profilbild. Er war jetzt nicht zu sehr wählerisch, aber es konnte ja nicht schaden, wenn seine, wie sollte er es nennen, »Abendbegleitungen«? Ja Abendbegleitungen, das klang besser

als »Opfer«, gut aussahen. Außerdem waren es ja nicht wirklich »Opfer«, wenn sie den Abend mit ihm verbringen durften. Er gab sich als Gastgeber ja schließlich immer alle Mühe. Er kochte lecker für sich, ließ sie dabei zusehen. Dann trug er sie zu Bett und erfüllte ihnen ihre sinnlichsten Wünsche nach Liebe und Sex. Und das alles tat er, ohne ein Wort der Widerrede. Bisher hatten sie es ja alle genossen und waren danach friedlich und glücklich eingeschlafen. Dass sie danach nie mehr aufwachen würden, war eine Ehre, die ihnen zuteil wurde. Von daher sollten sie sich geehrt fühlen, einen schönen Abend mit ihm verbringen zu dürfen. Außerdem tat er damit ihren Eltern ja auch noch einen Gefallen. Die mussten sich schon nicht mehr um die Beerdigungskosten kümmern, denn das übernahm er quasi als »Service« noch frei Haus.

Aber zurück zur Sache. Man befindet sich also im besagten Chatroom, hat sich durch das Profilbild ein hübsches Ding ausgesucht und studiert als nächstes ihre Hobbys und Interessen. Dadurch kann man besser auf das Mädel eingehen und ihr Vertrauen gewinnen. Er fand es immer wieder nett von ihnen, dass sie teilweise ihre tiefsten Geheimnisse und Sorgen auf ihrer Pinnwand posteten. Das war sehr nett von ihnen, denn so musste er sich nur ein wenig als »Seelendoktor«, quasi als der »Doktor Sommer der Neuzeit«, betätigen und schwups, fraßen die Dinger ihm aus der Hand. Danach schrieb man ihnen ein paar nette Kommentare, schrieb ein paar Mal »Ich hab Dich lieb« und schon bezeichneten sie dich als ihren besten Freund. Die nächste Stufe war dann, das Mädel zu überzeugen, dass man sich ja jetzt unbedingt auch mal »live« sehen und treffen müsste. Die jungen Gören waren so dumm, wie ein zutrauliches Reh, dass dem Jäger fröhlich grinsend vor die Flinte hüpft. Dann machte man einen Treffpunkt aus, der möglichst weit weg von vielen Menschen und ruhig gelegen war. Man fand es dort ja auch viel schöner und da waren auch nicht so viele Menschen, die einen beim »Kennenlernen« störten.

Er umschrieb es immer wieder gern mit den Worten:

»Vielleicht gefalle ich Dir ja nicht und dann muss es Dir auch nicht peinlich sein, wenn Du gleich wieder verschwindest!« Total stupid diese Aussage, aber die jungen Dinger fühlten sich dadurch scheinbar sicherer und willigten ein. Wenn sie dann an diesem schönen, menschenleeren Treffpunkt aufkreuzten, musste man nur noch schnell sein, ein paar einfache Handgriffe anwenden und das Mädel am Chloroformflässchen schnuppern lassen. Und schon machten sie es sich ohne ein Wort der Widerrede im Kofferraum gemütlich. Ach, wenn doch alles im Leben so einfach wäre. Danach löschte man sofort sein Chatprofil, ließ alle entstandenen Spuren verschwinden und schwups, war die Welt in Ordnung und voller Sonnenschein.

Er lächelte vor sich hin, trank den letzten Schluck aus seiner Kaffeetasse und zwinkerte den Regentropfen zu. Dann setzte er sich an seinen Tisch, öffnete die Chatseite und gab sein aktuelles Passwort ein. Mal sehen, ob Laura15 schon geantwortet hatte.

11

»Chef, wir haben ihn!« Leitner stürmte in Hintereggers Büro ohne anzuklopfen und erschreckte diesen, der gerade eine Leberkässemmel vernichtete, fast zu Tode.

»Ja spinnst denn Du oder was?«, würgte Hinteregger hustend.

»Sorry Chef!«, fuhr der scheinbar ungerührt von seiner »Tat« fort. »Aber wir wissen jetzt wer dieser ominöse Tobi ist!« Hinteregger ließ seine Semmel fallen und war sofort ganz Ohr. Leitners Angriff auf sein Leben war schon wieder vergessen.

»Erzähl!«, sagte Hinteregger knapp und Leitner fuhr fort. »Ich hab Lenas Mutter angerufen, doch die wusste nichts. Dann habe ich ihre Freundinnen befragt und eine

Lisa Kretschmar erzählte mir, dass in ihrer und Lenas Klasse ein Tobias Maurus sei.« Leitner blickte Hinteregger an.
»Sie hat Lisa erzählt, dass der scheinbar in sie verliebt sei und sie auch nicht in Ruhe lassen würde.« Hinteregger runzelte die Stirn.
»Er hat ihr einige Liebes-SMS geschrieben, die wir auf Lenas Handy sicherstellen konnten. Hinteregger spürte, wie ihm das Adrenalin durch den Körper schoss.
»Sauber Stefan!«, rief er und sprang auf. Er griff nach seiner Jacke und drehte sich zu seinem Kollegen um.
»Und ich hoffe, Du hast auch seine Adresse?!«
»Logo«, grinste Leitner. Hinteregger nickte anerkennend.
»Na dann, werden wir Zwei ihm jetzt einen Besuch abstatten!«

Eine knappe halbe Stunde später standen die beiden in Dietmannsried und betrachteten ein Mehrfamilienhaus.
»Maurus wohnt allein in einer dieser Wohnungen«, brach Leitner das Schweigen.
»Allein?« Hinteregger blickte seinen Kollegen überrascht an.
»Der geht doch noch zur Schule und wohnt allein in einer Wohnung?«
»Ja« antwortete Leitner. »Laut den Angaben von Lisa ist er aber auch schon Neunzehn, also älter als die Beiden.« Hintereggers fragender Blick traf Leitner der fort fuhr.
»Er hat zweimal eine Ehrenrunde gedreht, deswegen ist er jetzt erst in der Abschlussklasse.« Hinteregger nickte verstehend.
»Seine Eltern sind sehr wohlhabend und wollen, dass Tobias später in das Bauunternehmen seines Vaters einsteigt.«
»Okay, weiter.« Leitner wandte seinen Blick auf das Wohnhaus.
»Na ja und damit es der Sohn nicht so schwer hat und endlich mal sein Leben auf die Reihe bringt, haben sie ihm ein Auto gekauft und eine Wohnung angemietet.« Hinteregger schüttelte den Kopf.

»Ein reicher Schnösel also, dem alles in den Allerwertesten geschoben wird und der es gewohnt ist, immer alles zu bekommen, was er möchte.« Leitner nickte zustimmend. Hinteregger kratzte sich am Bart und überlegte.
»Er bekommt alles was er möchte. Nur nicht das Mädchen, das er haben will.« Leitner stimmte stumm zu.
»Dann schauen wir uns den Kerl doch mal genauer an«, sagte Hinteregger und stieg aus seinem Wagen.

Auf das Klingeln der Polizisten reagierte keiner. Und auch als Hinteregger lautstark rief und Maurus aufforderte die Tür zu öffnen, passierte nichts. Stattdessen ging die Tür der ebenfalls im ersten Stock liegenden Nachbarwohnung auf.
»Kann ich helfen?«, fragte ein dickbäuchiger, nur mit einem schwarzen Unterhemd und einer Jogginghose bekleideter Mann.
»Ja, wir suchen Herrn Tobias Maurus.«, antwortete Leitner. «Kennen Sie den?« Der Mann nickte.
»Klar kenn ich den! Ist ja schließlich mein Nachbar! Was wollt's ihr denn von dem?« Hinteregger fummelte seinen Dienstausweis heraus und hielt ihm dem Mann vor die Nase.
»Wir sind von der Kemptner Kripo und müssten dringend mit Herrn Maurus sprechen!«
»So, aha«, war die Reaktion darauf.
»Da werdet's ihr aber Pech haben. Der ist noch in der Schule um die Zeit!«, sagte der Mann und tippte auf seine Armbanduhr. Hinteregger und Leitner sahen sich an.
»Wann kommt der denn wieder?«, fragte Hinteregger.
»Weiß ich doch net. Musst ihn schon selber fragen!«, sagte der Mann und schickte sich an, in seine Wohnung zurück zu kehren. Da fiel Hinteregger noch etwas ein.
»Sagen Sie mal«, begann er. »Wer ist denn eigentlich der Hausmeister hier?« Der Mann drehte sich um und antwortete knapp:
»Ich, wieso?«
»Weil Sie uns dann sicher die Tür von Herrn Maurus öffnen können!«, entgegnete Hinteregger. Leitner zog de-

monstrativ den mitgebrachten Durchsuchungsbefehl heraus. Es hatte sich also doch gelohnt, den noch schnell anzufordern. Der Typ sah auf den Zettel, knurrte ein paar unverständliche Worte und verschwand in der Wohnung.
»Wartet`s kurz!«, rief er den Polizisten noch zu.

Ein paar Minuten später kam er mit einem Schlüssel zurück und sperrte die Tür von Tobias Maurus Wohnung auf.
»So, bittschön«, fiselte er den Polizisten entgegen. Hinteregger wurde der Kerl immer unsympathischer und als dieser seine Nase in die Wohnung streckte, musste er eingreifen.
»Dankeschön Herr...«
»Fuchs. Albert Fuchs.«
»Dankeschön Herr Fuchs. Wir melden uns dann wieder bei Ihnen wenn wir etwas brauchen!« Fuchs starrte den Kommissar an und man merkte, dass die Neugierde in ihm geweckt war. Mit einem gemurmelten
»Passt schon«, verzog er sich dann doch. Hinteregger sah ihm nach, bis er seine Wohnungstür hinter sich geschlossen hatte.
»Dann wollmer mal!«, sagte er dann und betrat die Wohnung.

Auf den ersten Blick sah alles aufgeräumt und sauber aus. »Komisch für einen jungen Mann«, bemerkte Leitner. Auch die Küche war blitzblank geputzt und strahlte im Sonnenlicht, das durch das Fenster herein schien. Das hatte Hinteregger jetzt nicht erwartet.
Genauso wenig Auffälliges war im Wohnzimmer und im Schlafzimmer zu erkennen. Als die Beiden im Flur standen und ihre Blicke durch die Wohnung schweifen ließen, waren sie schon etwas ratlos. Doch dann entdeckte Leitner etwas. Mit gesenktem, prüfendem Blick ging er die Wand entlang und blieb an einer Stelle stehen.
»Was ist?«, fragte Hinteregger und folgte seinem Kollegen.
»Da, schau!«, antwortete dieser und zeigte auf eine Stel-

le in der Wand. Jetzt sah es Hinteregger auch. Da war ein kleiner, unscheinbarer Griff in der Wand! Ungläubig blinzelte Hinteregger. Wozu gehörte der? Hier war doch nichts. Leitner zog an dem kleinen Griff und wie von Geisterhand öffnete sich die Wand und gab einen Raum frei. Ungläubig blickten sich die beiden Polizisten an.
»Geil, eine versteckte Kammer!«, entfuhr es Leitner. Hinteregger tastete mit den Händen ins Dunkle und fand einen Lichtschalter. Er drückte ihn herunter und helles Licht erfüllte den Raum. Hinteregger zuckte zurück. Da hing Lena! Sie blickte auf die Beiden herunter und lächelte sie an! Hinteregger starrte zuerst Leitner an und dann fiel sein Blick auf das Poster zurück, das an der Wand klebte. Da hing doch tatsächlich ein riesen Poster von Lena Brandt! Als sich die Polizisten jetzt ansahen, wussten sie, dass sie auf der richtigen Spur waren. Hinteregger trat in den Raum und blickte sich um.
Im Licht verlor das ganze seine Magie und zeigte was es wirklich war. Eine versteckte Abstellkammer! Sowas hatte er noch nie gesehen. Doch viel mehr beunruhigte ihn die Einrichtung des Raumes. Denn auf den Regalen, auf denen sonst die Konserven und Getränke standen, waren überall Bilder von Lena zu sehen. Fotos die sie in allen möglichen Lagen und Situationen zeigten. Lena auf einer Parkbank, Lena im Café mit Freundinnen, Lena im Badeanzug an einem See. Eins wurde schon auf den ersten Blick klar. Lena hatte nicht gewusst, dass sie fotografiert wurde, denn die Bilder waren von weiter weg geknipst. Leitner trat jetzt auch in den Raum und hielt kopfschüttelnd eins der Fotos in seiner Hand. Neben den Fotos standen Kerzen, die zum Teil schon zur Hälfte abgebrannt waren. Dieser kranke Typ hatte sich hier einen eigenen Lenaschrein gebaut. Für Hinteregger war schnell klar, dass sie ab sofort einen Hauptverdächtigen hatten. Auf einem Regal, unter dem Riesenposter von Lena, stand ein kleines Kästchen. Hinteregger gab Leitner ein Zeichen und holte es vom Regal.
Als er es öffnete, strahlte ihm wieder ein Foto von Lena entgegen. Dieses war in die Oberseite des Kästchens

geklebt und in dem Kästchen selbst lagen geöffnete Briefkuverts. Hinteregger griff sich einen heraus und gab Leitner das Kästchen in die Hand. Vorsichtig zog er den Brief heraus und begann zu lesen.
»Das ist ein Liebesbrief an Lena«, sagte er und blickte zu Leitner hoch. Der hatte das Kästchen weggestellt und ebenfalls einen Brief in der Hand.
»Der hier auch«, entgegnete er.
»Die Briefumschläge sind alle geöffnet«, bemerkte Hinteregger.
»Also muss sie schon jemand gelesen haben«, kombinierte der Kommissar.
»Entweder hat sie Lena gelesen oder Maurus hat sich nicht getraut sie abzuschicken.« Beide starrten auf die Briefe in ihren Händen, als sie ein Geräusch hörten. Jemand betrat die Wohnung! Das Gesicht eines jungen Mannes erschien in der Tür. Ungläubig starrte er die Kommissare an. Für einen Moment waren alle Drei wie erstarrt.
Dann drehte sich der junge Mann um und rannte los. Hinteregger und Leitner rissen sich aus ihrer Starre und nahmen die Verfolgung auf. Tobias Maurus war schon durch die offene Wohnungstür geflitzt und spurtete gerade die Treppe zum Ausgang hinunter. Leitner, der natürlich viel trainierter und schneller als Hinteregger war, nahm die Verfolgung auf. »Der darf uns nicht entwischen!«, dachte sich Hinteregger als er schnaufend die Treppe hinunterrannte. Unten angekommen sah er wie Maurus auf der Straße links abbog, gefolgt von Leitner, der schon ein wenig aufgeholt hatte. So schnell er konnte, spurtete Hinteregger zur Straße und verfluchte dabei seinen dicken Bauch und die untrainierten Beine. Schnaufend kam er an der Straße an und blickte nach links. Wo waren die Beiden? Er sah, wie Leitner einige Meter weiter vorne in eine Seitenstraße einbog. Von Maurus war nichts mehr zu sehen. Hintereggers Puls raste und sein Herzschlag donnerte wie wild. Er atmete tief durch und setzte sich wieder in Bewegung. Er hatte die Abbiegung fast erreicht, als er quietschende Reifen

hörte. Was war passiert? Hatte Leitner Maurus erwischt oder hatte er sich womöglich gerade verletzt? Er bog um die Kurve und sah Maurus auf der Straße liegen. Leitner stand vor ihm mit gezogener Waffe und deutete schwer schnaufend dem jungen Mann an, liegen zu bleiben. Hinter den beiden stand ein Auto und gerade stieg ein Mann mit ängstlichem und verwirrtem Blick aus. Hinteregger atmete tief durch. Als er ein paar Sekunden später die Beiden erreicht hatte, klickten die Handschellen. Sie hatten ihn.

12

»So Freundchen, da hast Du dir ja was schönes eingebrockt!«
Hartmanns Stimme klang ernst und bedrohlich. Sie passte sich der Situation an, in der sich Tobias Maurus gerade befand.
»Ich weiß nichts! Was wollt ihr von mir?«.
»Besonders kooperativ zeigt er sich ja nicht«, bemerkte Leitner wären sie die Befragung hinter der Trennscheibe beobachteten. Hinteregger fuhr sich durch die Haare. »Das hatte ich auch nicht wirklich erwartet«, entgegnete er.
»So ein kranker Typ!«, schimpfte Leitner.
»Und das schon in dem Alter!« Hinteregger betrachtete den jungen Kollegen nachdenklich.
»Gerade das macht mir Sorgen Stefan«, antwortete er und sah seinen jungen Kollegen an.
»Der ist noch so jung. In dem Alter hat man doch noch keine so kranke Gedanken und lässt ein Mädchen verschwinden!«
»Also komm jetzt!«, eiferte sich Leiter auf.
»Das ist doch wohl nicht dein Ernst!« Hinteregger fragte

sich insgeheim, wann er seinem jungen Kollegen eigentlich das »Du« angeboten hatte.

»Die Kriminalgeschichte ist doch voll von jungen Tätern in dem Alter, die aus genau dem gleichen Grund getötet haben!« Hinteregger blickte seinen Kollegen schweigend an.

»Wie viele Hinweise brauchst Du denn noch? Ich meine, der Kerl hat ein Megaposter von unserer Vermissten an der Wand kleben! Er hat einen kompletten Vorratsraum mit Bildern von ihr in einen eigenen Schrein ausgebaut, heimlich Fotos von ihr gemacht...«. Leitner war komplett überzeugt davon, ihren Täter, für welches Verbrechen auch immer, gefunden zu haben! Er hatte sich schon richtiggehend auf Tobias Maurus eingeschossen. Doch für Hinteregger war der Fall nicht so klar. Das war zu einfach. Wenn er durch das Fenster sah, blickte er auf einen verängstigten Jungen, der von Hartmann mit Fragen bombardiert wurde und versuchte irgendwelche passenden Antworten darauf zu finden. Allein die Körpersprache, die Maurus an den Tag legte, passte überhaupt nicht zu einem Mörder oder Entführer oder was auch immer. Ganz im Gegenteil, der Junge stand kurz davor in Tränen auszubrechen und nach seiner Mama zu flehen. Maurus gestikulierte wild mit den Armen, vergrub ungläubig sein Gesicht in den Händen und beteuerte nun schon seit zwei Stunden dauerhaft seine Unschuld.

Als erstes hatte es Leitner versucht, der noch mit Adrenalin voll gepumpt war und dem Jungen ein Geständnis rausquetschen wollte. Doch egal was er auch versucht hatte, der Junge bestritt alles. Schon vor einer Weile war Leitner dann vor Wut aufgestanden und hatte mit zuknallender Tür das Verhörzimmer verlassen. Hinteregger hatte sich da zum ersten Mal gefragt, ob der Fall für den übermotivierten, jungen Kollegen nicht doch eine Nummer zu groß war. Er war fast nicht zu beruhigen gewesen, so sprudelte das Adrenalin in seinem Körper. Seitdem versuchte es Hartmann, den Hinteregger während Leitners Befragungsversuchen auf den neuesten Stand gebracht hatte. Hartmann hatte eine ganz andere, sanfte-

re, ruhigere Verhörmethode, doch auch diese schien nicht zum Erfolg zu führen. Jetzt schüttelte Hartmann genervt den Kopf, winkte mit der Hand energisch ab und verließ ebenfalls das Verhörzimmer. Hinteregger beobachtete Tobias Maurus ganz genau. Der war in seinem Stuhl zusammengesunken, lag mit den Armen auf dem Tisch und vergrub sein Gesicht darin. Sah so ein potentieller Mörder oder Entführer aus? Hinteregger begann an ihrer Theorie zu zweifeln. Die Tür ging auf und Hartmann betrat den Raum.
»Verdammt, ist der zäh!«, sagte er.
»Der ist wie vernagelt, lässt nichts aus sich heraus und streitet alles ab.« Er schüttelte den Kopf und drückte den Knopf der Kaffeemaschine.
»Er behauptet nicht zu wissen wo Lena sei.« Leitner nickte.
»Ja, das hat er zu mir auch gesagt! Er behauptet von ihrem Verschwinden auch nur in den Nachrichten gehört zu haben.« Die Kaffeemaschine piepste und Hartmann zog die Tasse heraus. Der leckere Duft von frischem, warmen Kaffee durchzog den Raum und fand den Weg in Hintereggers Nase. Zefix, roch das gut. Er verspürte den unbedingten Drang und die Lust dazu, sich auch eine Tasse heraus zu lassen, doch er widerstand, da es jetzt wichtigeres zu tun gab. Er räusperte sich.
»Was sagt er zu dem selbst gebastelten Schrein in seiner Wohnung?«, fragte er.
»Wie erklärt er uns das?« Hartmann, der ein paar Schlücke getrunken hatte, schüttelte den Kopf und wand seinen Blick auf den Jungen.
»Er behauptet schon seit Jahren unsterblich in Lena verliebt zu sein«, berichtete er. Hartmann nahm einen Schluck und fuhr fort.
»Er ist schon seit Jahren in sie verliebt, hat sich allerdings nie getraut es ihr zu sagen.« Hinteregger beobachtete nun auch den Jungen.
»Er hat ihr Briefe geschrieben, sich allerdings nie getraut sie abzuschicken und sie stattdessen versteckt und immer wieder selber gelesen. Vor kurzem hat er dann allen

seinen Mut zusammen genommen und es ihr gestanden.«
»Wie hat Lena darauf reagiert?«, fragte Hinteregger.
»Sie hat ihn ausgelacht«, erwiderte Hartmann.
»Daraufhin hat er es versucht ihr per SMS zu erklären, doch sie hat nie zurückgeschrieben.«
»Tragische Geschichte«, erwiderte Leitner ironisch.
»Und als er sie dann nicht haben konnte, hat er sie abgemurkst!« Hinteregger sah seinen Kollegen an.
»Jetzt mach mal halblang ja! Erstens mal wissen wir doch gar nicht, ob Lena wirklich etwas zugestoßen ist oder sie nicht vielleicht doch aus freien Stücken selber verschwunden ist! Wir dürfen nicht gleich vom Schlimmsten ausgehen!« Leitner winkte spöttisch ab.
»Das glaubst Du doch selber nicht! Ich sag Dir was passiert ist!«, eiferte er sich auf.
»Der Typ war enttäuscht, dass die Alte ihn nicht rangelassen hat. Dann dachte er sich, die hat mich verletzt, dafür wird sie bestraft!« Leitners Augen funkelten. Er steigerte sich gerade richtig in seine Theorie hinein.
»Dann hat er sie eiskalt abgemurkst und verschwinden lassen!«, fuhr er energisch fort.
»Und damit wir ihm nicht auf die Schliche kommen, spielt er uns hier den netten, unschuldigen Jungen vor!« Leitner verlor jetzt jeden Respekt und baute sich vor Hinteregger auf.
»Und Du«, jetzt blickte er Hinteregger in die Augen.
»Und Du bist so gutgläubig und glaubst ihm auch noch!« Hinteregger passte es gar nicht, wie sich sein junger Kollege vor ihm aufbaute und schon gar nicht, in welchem Ton er mit ihm sprach.
»Stefan, jetzt reiß Dich mal zusammen ja!« Der Ton in Hintereggers Stimme wurde lauter.
»Ich lass mich von niemanden beeinflussen und bin auch nicht auf Maurus Seite!«, eiferte auch er jetzt hoch.
»Aber ich will den Fall hier objektiv betrachten und mich nicht von deinen Emotionen leiten lassen!« Leitner starrte ihn böse an.
»Für Dich ist er doch schon der Täter ohne auch nur ei-

nen einzigen Beweis dafür!«, fuhr Hinteregger fort.
»Aber für mich ist er solange nur ein Verdächtiger, bis seine Schuld bewiesen ist!« Das hatte jetzt jawohl gesessen. Hinteregger fühlte sich befreit. Soweit kam`s noch, dass er sich hier vor seinem jungen Untergestellten angiften ließ. Leitner brachte nur ein spöttisches
»Pah!« heraus.
»Du bist eben schon alt und verkalkt! Wird Zeit, dass mal ein junger frischer Wind hier weht!« Hinteregger starrte Leitner ungläubig an. Hatte der das gerade wirklich gesagt? Hinteregger spürte eine abartige Wut in sich aufsteigen. Er musste sich beherrschen um nicht komplett auszurasten und Leitner anzuschreien. In gequältem, aber noch absolut ruhigen Ton fuhr er fort:
»Du verzupfst dich jetzt wieder zu deinen Computergeschäften und lässt deine Finger von dem Fall! Ich entlass dich ab sofort aus der Gruppe!« Leitner starrte ihn mit ungläubiger Wut an.
»Du arroganter alter Sack!«, brüllte er Hinteregger an.
»Ohne mich und meine ›Computergeschichten‹ wüsstet ihr gar nichts von Tobias Maurus! Ohne mich würdet ihr wie die Deppen im Dunkeln tappen!« Leitner ging zur Tür und öffnete sie ruckhaft.
»Und ohne mich wäre er dir Leberkäsfressenden Fettsack davon gesprungen!« Bäm, das hatte gesessen! Hinteregger starrte ungläubig und mit offenem Mund Leiter hinterher, der die Tür donnernd hinter sich zuknallte. Zurück blieben ungläubig starrende Gesichter von Hinteregger und Hartmann.
»War das jetzt nötig?«, fand Hartmann als erstes wieder die Sprache. Hinteregger drehte sich energisch zu ihm um.
»Meinst Du etwa ich lass mich von dem dahergelaufenen Spinner da blöd anreden oder was?«
Hartmann hob beschwichtigend die Hände.
»Ist ja schon gut«, versuchte er die Situation zu beruhigen. Er wollte nicht auch noch Stress mit seinem Kollegen haben. Hinteregger atmete tief durch.
»Ich bleib dabei. Der Junge ist für mich erst schuldig,

wenn wir ihm etwas nachweisen können!«
»Und was sollen wir dann solange mit ihm machen?«, fragte Hartmann.
»Laufen lassen können wir ihn ja schlecht wegen der Fluchtgefahr«, fuhr er fort.
»Dann bekommt er eben ein fünf Sterne Deluxezimmer!«, antwortete Hinteregger.
»Eine von unseren Ausnüchterungszellen wird schon noch frei sein. Und wenn er was zum erzählen hat, dann wird er sich schon melden!« Hartmann blickte seinen Kollegen an und nickte zustimmend.
»Okay, dann machen wir es so!« Hinteregger drehte sich zur Scheibe und ließ seinen Blick wieder auf Tobias Maurus fallen. Der lag in sich zusammengesunken mit dem Oberkörper auf dem Tisch. Seine zuckenden Schultern und das Zucken seines Körpers verrieten ihm, dass der Junge weinte. Hinteregger kratzte sich nachdenklich an seinem Bart. Sah so ihr gesuchter Täter aus? Er selbst glaubte ja nicht daran.

13

Das Mädchen strampelte und wand sich. Er war plötzlich und lautlos aus den Bäumen aufgetaucht. Doch er war nicht der nette Junge gewesen, den sie im Chat kennen gelernt hatte. Nein, der Typ hier griff sie an. Sie hatte sich gewehrt, versucht ihn mit ihren Füßen zu treten. Das Chloroform hatte scheinbar noch nicht richtig angeschlagen denn sie versuchte sich mit allen Mitteln aus seinem Griff zu lösen. Doch er lächelte nur und drückte ihr immer wieder das Tuch vor die Nase. Langsam schwanden ihr die Sinne und die Kraft, mit der sie sich verteidigte, verließ sie. Noch einmal blickte sie in das Gesicht ihres Angreifers und sah die gelben, fauligen Zähne und roch den widerlichen Atem, der aus seinem Mund kam. Mit allerletzter Kraft versuchte sie einen Fausthieb. Doch ihre Kraft versagte und ihr Arm fiel zurück und traf nur ihre eigene Brust. Dann wurde ihr schwarz vor Augen. Laura Baumgärtner schlief in seinen Armen ein.

14

Als Hinteregger nach Hause kam, stand der schwarze Golf von Lukas in der Einfahrt. Als Hinteregger in den geöffneten Kofferraum hinein blickte, sah er einen Stapel Umzugskisten. Lukas machte also ernst. Als er zur Tür kam, begegnete er seinem Sohn, der gerade eine Kiste aus dem Haus trug. Anstatt eines »Hallo«, schickte ihm Lukas nur ein kaltes Nicken entgegen. Hinteregger sah ihm hinterher. Nach all den Jahren, dem Spaß den sie gemeinsam gehabt hatten, sei es im Urlaub oder auf dem Bolzplatz gewesen. Sollte das jetzt alles vorbei sein? Nach all der Zeit, die er mit Lukas verbracht hatte, kam nur noch ein wortloses Nicken?
Egal wie sauer er auf Lukas war, das tat weh. In seinen Händen hielt Hinteregger einen Blumenstrauß für seine Frau. Er wollte sich unbedingt für den gestrigen Streit entschuldigen und es wieder gut machen. Er war nach dem Stress mit Leitner immer noch sauer gewesen, hatte Feierabend gemacht und war nach Hause gefahren. Doch auf halber Strecke war ihm eingefallen, dass es wohl doch besser war, mit einem Entschuldigungsgeschenk daheim auf zu tauchen. Er sah seinem Sohn zu, wie dieser den Kofferraum zuknallte, wortlos ins Auto stieg und davon brauste.
»Wo fährst Du jetzt wohl hin«?, murmelte er vor sich hin. Zudem fragte Hinteregger sich, wo sein Sohn heute Nacht wohl schlafen würde und vor allem ob es jemals

wieder so werden würde, wie es mal war. Viele Fragen schossen ihm durch den Kopf, so dass er nicht bemerkte, wie sich Rita von hinten näherte.

»Alois?« Hinteregger drehte sich um und blickte in das mit Tränen gefüllte Gesicht seiner Frau.

»Jetzt macht er echt ernst!«, flüsterte sie. Unfähig irgendwas zu sagen, tat Hinteregger das einzig Richtige und umarmte Rita. Leise schluchzend legte sie ihren Kopf an seine Brust und er streichelte ihren Rücken. Es tat unglaublich gut, sie im Arm zu halten. Wieso nur umarmte er sie nicht öfter? Er dachte an ihre Hochzeit, an die Geburt ihres Sohnes, tausend schöne Gedanken durchströmten seinen Kopf und dann dachte er an den völlig sinnlosen Streit von gestern. Er schämte sich dafür, dass er so ein Dickkopf gewesen war und es tat ihm unendlich leid. Sanft berührte er das Kinn von Rita, drückte es nach oben und küsste sie. Beide schlossen die Augen und genossen den Moment. Dann trat Rita einen Schritt zurück und bemerkte die Blumen in Hintereggers Hand. Ungläubig sah sie ihren Mann an. Alois hatte ihr noch nie Blumen mit nach Hause gebracht. Nicht, dass sie sich nicht darüber freute, doch es passte gar nicht zu ihm. Er zeigte seine Liebe eben auf andere Art. Jetzt lächelte er und streckte ihr die Blumen entgegen.

»Ich glaube, die bräuchten ein bisschen Wasser. Ich muss mich für gestern Abend entschuldigen. Ich bin einfach ein alter Depp!« Ein paar neue Tränen kullerten über Ritas Gesicht, doch diesmal waren es Tränen der Rührung. Hinteregger streichelte ihre Wangen und wischte sanft die Tränen aus ihren Augen. Die beiden umarmten sich erneut und als sie sich nochmal küssten, war der Streit längst vergeben und vergessen.

Hinteregger saß auf seinem neuen Sofa und schaute die Nachrichten. Überall nur Mord, Krieg und Angst. Von Afghanistan bis nach Görisried. Es gab doch keinen Unterschied. Die Leute taten sich überall nur weh. Er dachte an Lena und daran, wie es ihr wohl gerade ging.

»Hoffentlich lebst Du noch!«, murmelte er vor sich hin.

In der Küche stand Rita, summte vor sich hin und war fleißig am Kochen. Anfangs war sie noch traurig darüber gewesen, dass ihr einziger Sohn sie jetzt verlassen hatte. Auch ihr tat der Streit mit Lukas leid. Sie hätte ihm wohl nicht hinterher werfen müssen, dass er hier nicht mehr willkommen sei und nicht mehr zurückkommen dürfte. In Wahrheit würde sie ihn mit offenen Armen empfangen und wäre froh, wenn er wieder einziehen würde. Denn im Grunde war sie eben wie alle liebenden Mütter, die ihre Kinder ziehen lassen mussten. Sie wollte doch nur das Beste für Lukas. Im Moment belastete sie einfach der Streit und die Art, wie kalt und wortlos Lukas heute an ihr vorbei gegangen war. Ihr war momentan einfach alles zu viel. Der Stress mit Lukas, dann der Streit mit ihrem Mann. Rita Hinteregger war eine friedliebende Frau und sie hasste es, sich zu streiten. Auch wenn es Lukas mit seiner Partyaktion verdient hatte, dass er gleich auszog, hatte sie nicht gewollt. Und dann war sie gestern so sauer auf sich und auf Lukas gewesen, dass sie Alois nur Vorwürfe an den Kopf geworfen hatte und sie sich gestritten hatten. Er hatte ihr gefehlt im Bett. Nicht wegen der Umarmung, er schlief am liebsten mit dem Rücken ihr zugewandt. Nein, einfach wegen seiner Nähe. Sie waren schon so viele Jahre verheiratet, hatten soviel zusammen erlebt und durchgemacht. Das hatte die Beiden zusammengeschweißt. Und als sie gestern allein, auf ihrem tränengetränkten Kissen gelegen hatte, hatte sie sich seinen Rücken zum Anlehnen herbei gewunschen. Ihr hatte der Streit total leid getan und den ganzen Tag hatte sie sich überlegt, wie sie ihrem Mann eine Freude machen könnte. Und dann stand dieser mit diesem wunderschönen Blumenstrauß vor der Tür. Lächelnd blickte sie auf die Blumen, die in einer Vase am Fenster standen. Als er mit seinem treuen »Verzeih mir Blick« vor ihr gestanden hatte, war es um sie geschehen und sie die glücklichste Frau auf Erden gewesen. Selbst den Stress mit Lukas hatte sie verdrängt und sich auf den Abend mit Alois gefreut. Und jetzt war das Essen fertig und sie rief nach ihren Mann. Gerade als der schnuppernd und lä-

chelnd die Küche betrat, klingelte sein Diensthandy. Rita, die gerade den Wein in zwei Gläser schenken wollte, erstarrte.
»Nein! Nicht jetzt! Bitte nicht jetzt!« Hinteregger blickte sie ernst an und drückte auf Rufannahme.
»Ja, was gibt's?«
»Sorry Chef!«, erklang Hartmanns Stimme.
»Aber wir haben ein weiteres verschwundenes Mädchen! Es wäre wohl besser, wenn Du vorbei kommst!« Hinteregger ließ das Handy sinken und sah in die enttäuschten Augen seiner Frau.
»Es tut mir so unendlich leid Schatz!«, brachte er nur heraus.
»Stell mir bitte was in den Kühlschrank, ja?!.« Daraufhin griff er nach seiner Jacke und ging zur Tür. Zurück blieb eine enttäuschte Rita, die nur mit Mühe die Tränen zurückhalten konnte.

15

»Bei der Vermissten handelt es sich um die fünfzehnjährige Laura Baumgärtner aus Lenzfried«. Die Kommissare Bauer, Pfeiffer, Kreutzer, Hartmann und Hinteregger saßen im Büro zusammen und erörterten die Lage. Leitner hatte auf den Anruf von Hartmann nicht reagiert und war auch nicht aufgetaucht. Auch okay, dachte sich Hinteregger. Auf den Stress und das Gezicke seines jungen Kollegen hatte er so spät am Abend auch keine Lust mehr. Somit war es offiziell und Leitner nicht mehr in der »Soko Lena«. Auch das »Leberkäsfressende Fettsack«, würde auf jedenfall noch ein Nachspiel haben. So schnell würde der hochgelobte Füssener Neuzugang keinen Einsatz mehr außerhalb seines Büros bekommen!

Bauer und Pfeiffer waren ihm sowieso sympathischer und mit Gernot Bauer arbeitete er schließlich auch schon seit Jahren zusammen.

»Sie wurde zuletzt heute Mittag von ihrer Mutter gesehen«, fuhr Hartmann gerade mit seinen Informationen fort.

»Sie ist nach der Schule wie gewohnt nach Hause gekommen, hat ihre Hausaufgaben gemacht und zusammen mit ihrer Mutter zu Mittag gegessen.« Hartmann blickte in die Runde. Die Kommissare waren zwar alle müde, doch die Nachricht über ein weiteres verschwundenes Mädchen hatte auf alle eine elektrisierende Wirkung.

»Ihre Mutter ist nach dem Mittagessen zum Einkaufen in die Stadt gefahren und als sie wieder nach Hause gekommen ist, war Laura weg. Sie hat nichts gesagt oder erzählt, ob sie noch etwas vor hatte oder noch zu einer Freundin wollte. Als sie am späten Abend immer noch nicht zu Hause war, hat ihre Mutter Panik bekommen und bei ihren Freundinnen angerufen. Doch als sie nirgends Erfolg hatte, hat sie sich bei uns gemeldet.« Hartmann beendete seinen Vortrag und setzte sich hin.

»Gut«, räusperte sich Bauer.

»Es kommt ja schon mal vor, dass ein Kind die Zeit vergisst und später als ausgemacht nach Hause kommt.

Aber dann hätte sie sich doch gemeldet oder etwas zu ihrer Mutter gesagt!«, widersprach Kreutzer.

»Ja, das denke ich auch«, beteiligte Hinteregger sich an der Diskussion.

»Und wenn, dann wäre sie ja sicher bei einer Freundin gewesen. Wo will ein fünfzehnjähriges Mädchen um die Zeit sonst auch hin?«, fuhr er fort.

»Ach, da würde mir schon so einiges einfallen«, entgegnete Bauer.

»Wenn ich da an meine Jugend denke.«

»Ja, aber laut ihrer Mutter ist Laura ein total verantwortungsvolles, sich an Regeln haltendes Mädel«, entgegnete Hartmann.

»Das passt überhaupt nicht zu ihr«, fuhr er fort.

»Hat das Mädel eigentlich einen Freund?«, fragte Pfeiffer.
»Nein«, entgegnete Hartmann.
»Laut ihrer Mutter nicht.«
»Das muss nichts heißen«, entgegnete Hinteregger.
»Junge Mädchen erzählen nicht immer alle ihre Geheimnisse.« Bauer nickte zustimmend. Er kannte das nur zu gut von seiner Tochter. Die war zwar erst Dreizehn, hatte aber auch schon das eine oder andere Geheimnis vor ihren Eltern.
»Wie sollen wir vorgehen?«, fragte Hinteregger, während er auf seine Uhr blickte.
»Nun ja«, antwortete Hartmann.
»Ich denke um's Standardprozedere kommen wir nicht herum!« Hinteregger nickte. Hartmann hatte Recht. Wie im Fall Lena Brandt, musste eine Suchstaffel zusammen gestellt werden und im besten Fall auch der Suchheli die Staffel bei ihrer Suche unterstützen. Das Ganze war zwar immer ein riesen Aufwand, aber wenn es um das Leben eines jungen Mädchens ging, absolut unumgänglich. Auch bei Lena Brandt hatten sie zuerst versucht ihre Freundinnen, Bekannten und Verwandten zu kontaktieren, doch auch in dem Fall waren sie nicht um den Suchtrupp herum gekommen. Und jetzt, ein paar Tage später, saßen sie wieder zusammen und das Ganze wiederholte sich auf's Neue. Hinteregger fuhr sich mit den Händen durchs Gesicht und versuchte die Müdigkeit weg zu wischen.
»Gernot«, sagte er und blickte Bauer an.
»Du rufst bitte trotzdem nochmal alle Angehörigen von Laura Baumgärtner an und versuchst nochmal dein Glück! Vielleicht taucht sie ja doch noch irgendwo auf!«
»Jens«, sein Blick wanderte zu Pfeiffer.
»Du unterstützt Gernot bei den Telefonaten! Das Ganze muss schnellstmöglich über die Bühne gehen! Vielleicht ist das Mädel ja verletzt und liegt irgendwo ohne die Möglichkeit nach Hilfe zu rufen!« Dann wandte er sich zu Hartmann.
»Oli. Du weckst die Jungs von der Hundestaffel, sagst

dem Helipiloten Bescheid und organisierst die Suchstaffel!« Hartmann nickte.
»Und ich«, Hinteregger erhob sich und blickte in die Gesichter seiner Kollegen.
»Ich rufe die Krankenhäuser in der Umgebung an. Vielleicht wurde Laura ja irgendwo eingeliefert und die haben noch nicht die Zeit gehabt ihren Eltern Bescheid zu geben.«
»Okay Jungs, dann mal los!«, rief Hartmann und verließ das Besprechungszimmer.
»Oli!«, rief Hinteregger ihm hinterher.
»Ja?«
»Keinen Einsatzbefehl für die Suchtruppe, bis ich Dir das ›Go‹ gebe, ja!«
»Schon klar!«, antwortete Hartmann und eilte davon.
Hinteregger hoffte insgeheim, dass Laura doch noch auftauchen würde. Sei es bei ihr zu Hause, bei einer Freundin oder im schlimmsten Fall im Krankenhaus. Er hatte auch nicht die geringste Lust, wieder vor die Medien treten zu müssen um ihnen zu erklären, dass wieder ein Mädchen verschwunden war.
»Hoffentlich taucht sie wieder auf«, dachte er, während er das Telefonbuch nach den Nummern der umliegenden Krankenhäusern absuchte.

16

Langsam, ganz langsam öffnete sie ihre Augen. Zuerst sah sie alles ganz verschwommen und unscharf. Vor ihr bewegte sich alles, wackelte und verschwamm wieder. Es war alles so hell. Ihr Blick traf grelles Licht. Sie schloss die Augen, versuchte sich zu konzentrieren und ihre Wahrnehmung wieder zu finden. Als sie ihre Augen erneut öffnete, blickte sie wieder in grelles Licht und zuckte zurück. Langsam kam sie wieder zu sich und ihr Blick wurde klarer. Jetzt erkannte sie, dass über ihr eine Glühbirne hing, die sie mit voller Kraft anschien. Ihr Kopf dröhnte und schmerzte. Was war hier los? Wo war sie überhaupt? Und vor allem, wie war sie hierher gekommen? Sie wollte sich mit ihrer Hand durch das Gesicht fahren, doch mit Entsetzen musste sie feststellen, dass sie diese nicht bewegen konnte. Jetzt erst wurde ihr klar, dass ihre Hände weit gestreckt und an das Bett, in dem sie lag, gefesselt waren! Sie ruckelte an den Seilen und versuchte ihre Hände zu befreien, doch es gelang ihr nicht. Panik schoss in ihr hoch.

Wieso lag sie hier gefesselt in einem Bett und wer hatte das getan? Sie versuchte zu schreien, doch irgendwas steckte in ihrem Mund. Aus dem Augenwinkel erkannte sie, dass sie geknebelt war. Angst, pure Angst wirbelte durch ihren Körper und verzweifelt versuchte sie sich aus ihrer hilflosen Lage zu befreien. Doch es gelang ihr nicht. Sie versuchte ihren Mund irgendwie zu bewegen, um den Knebel weg zu bekommen, doch der bewegte sich kein Stück. Ihr wurde tierisch heiß und jede Stelle ihres Körpers schmerzte. Sie ließ sich zurückfallen, zwang sich zum durchatmen und starrte wieder auf die Glühbirne über ihr.

Was zur Hölle war das hier? In ihren Gedanken erstarre sie, denn sie hatte etwas gehört! Ihr Puls raste und ihr Herz klopfte wie verrückt. Sie hörte, wie jemand einen Schlüssel in ein Schlüsselloch steckte und diesen umdrehte. Ihr Atem ging schneller. Sie hörte ein knarzendes Geräusch. Jemand öffnete eine Tür! Sie versuchte ihren Kopf aufzurichten um etwas sehen zu können. Doch es gelang ihr nicht und sie sank zurück. Ihr Mund schmerzte und ihr Kiefer tat weh. Sie hatte es nicht einmal geschafft den Kopf ein paar Zentimeter zu heben. Jemand kam näher, das spürte sie. In ihr tobte die totale Panik und sie wurde schier verrückt, weil sie nicht sehen konnte, was um sie herum passierte. Dann trat jemand neben sie und sie starrte in das Gesicht eines unrasierten Mannes. Wer war das und was wollte er von ihr? Sie zuckte, versuchte ihre Arme zu bewegen und schrie in den Knebel hinein. Panisch sah sie in das Gesicht des Mannes und in seine dunklen Augen. Dann bewegten sich seine Gesichtszüge und verwandelten sich zu einem Grinsen. Das kranke Schwein grinste sie an! Ihr Puls war auf hundertachtzig und sie total wütend. Ihre Angst vermischte sich mit ihrer Wut und in ihr tobte es. Am liebsten hätte sie den Typ angeschrieen und ihm Schläge angedroht, doch keines ihrer Worte verließ ihren Mund. Der Mann grinste sie nur an.

»Wer bist Du und was willst Du von mir?«, dachte sie sich. Plötzlich erschien eine Hand vor ihrem Gesicht und sie erschrak. Die Hand kam näher und sie versuchte ihren Kopf wegzudrehen. Doch es gelang ihr nicht und die Hand berührte ihr Gesicht und strich über ihre Backe. Ihr Herz pochte vor Angst und sie konnte jeden Schlag spüren. Langsam strich die Hand über ihre Backe und wanderte nach unten. Sie versuchte sie aus den Augenwinkeln zu verfolgen. Doch dann war sie weg. Wo war sie jetzt? Sie erschrak und schrie in den Knebel, als sie von der Hand am Kinn gepackt wurde. Ihre Augen schossen nach oben und sie sah mit Schrecken, dass der Kerl sich zu ihr herunter beugte. Sie versuchte sich zu wehren und den Kopf weg zu drehen, doch die Hand hielt ihr Kinn fest umklammert und sie war wehrlos. Das Gesicht des Mannes kam immer näher und sie roch seinen extrem übel riechenden Mundgeruch. Er öffnete seinen Mund und sie sah gelbe, verfaulte Zähne. Sie wollte los schreien, doch sie konnte nicht. Sie wollte sich wehren, doch sie konnte nicht. Ihr wurde von dem Gestank übel und sie spürte einen Brechreiz aufsteigen. Würde sie jetzt daran ersticken?

Und dann geschah es. Sie spürte, wie er seine Lippen auf ihre Nase drückte und wie er sie küsste. In ihr tobten die Angst, das Entsetzen und ein totales Ekelgefühl. Ein paar Sekunden lang küsste er sie und sie musste gegen den Brechreiz ankämpfen. Dann plötzlich, zog er die Lippen zurück und ließ von ihr los.

»Was bist Du für ein krankes Arschloch!«, dachte sie sich

und starrte den Typ wütend an. Dann erhob er sich, lächelte sie kurz an und verschwand wieder aus ihrem Blickfeld. Sie traute sich nicht zu atmen und versuchte zu hören, was er tat. Da, da war das Knarzen wieder. Und ein paar Sekunden später hörte sie, wie die Tür ins Schloss fiel und sich Schritte entfernten. Der totale Ekel überfiel sie und sie hätte sich am liebsten die nasse Sabber von der Nase gewischt, doch sie konnte sich ja nicht befreien. Sie musste hier unbedingt weg! Wer wusste schon, was der Typ noch mit ihr vor hatte! Ein weiteres Mal versuchte sie sich mit aller Kraft los zu reißen, doch es gelang ihr nicht. Sie war hilflos gefangen! Entkräftet und mit schmerzenden Armen, ließ sie sich zurückfallen. Was war das für ein kranker Typ und wie war sie bei ihm gelandet?
»Ich will zu meiner Mama!«, dachte sie und Tränen wässerten ihre Augen.
»Mama, wo bist Du nur?« Die Tränen kullerten ihr über die Backen. Würde ihr jemand zur Hilfe kommen und sie befreien oder würde der Kerl sie umbringen? Tausend Gedanken schossen Laura Baumgärtner durch den Kopf, als sie weinend und gefangen, die Glühbirne anstarrte, die sie durch ihre Tränen nun wieder total verschwommen sah.

17

»Nichts. Absolut nichts!«, sagte Hartmann und trank einen Schluck Kaffee. Er starrte zu seinem Gegenüber. Da saß Pfeiffer und blickte ihn müde und mit blutunterlaufenen Augen an. Neben den Beiden saß Bauer und hatte den Kopf auf die Hände gestützt. Das Gesicht vergrub er in den Händen und sagte kein Wort. Hinteregger stand am Fenster der kleinen Kommissariatsküche und starrte in die Mittagssonne hinaus. Auch seine Laune war nicht gerade besser. Er war hundemüde und schlecht gelaunt. Die ganze Nacht waren sie im Einsatz gewesen, hatten wie die Irren telefoniert und viele Leute aus den Betten geklingelt. Doch alles war vergeblich gewesen. Als Hinteregger erkannte, dass das Telefonieren sie nicht weiter brachte, hatte er Hartmann das »Go« gegeben und die Suchtrupps waren ausgerückt. Die komplette Nacht hatten diese Wiesen und Wälder durchsucht, doch leider ohne erkennbaren Erfolg. Der erste Suchtrupp wurde in der Frühe durch ein eilig zusammengestelltes zweites Team abgelöst, das noch den ganzen Morgen bis zum Mittag unterwegs gewesen war. Doch mittlerweile war auch das zweite Team erfolglos zurückgekehrt und die Suche nach Laura war gescheitert. Wie ein paar Tage zuvor, war auch dieses Mädchen wie vom Erdboden verschluckt und das Ganze nagte an den Nerven der völlig übermüdeten Kommissare. Jetzt saßen sie enttäuscht zusammen und blickten sich ratlos an.

»Das gibt's doch nicht!«, entfuhr es Pfeiffer.

»Irgendjemand muss sie doch gesehen haben! Die kann doch nicht einfach so von hier nichts, dir nichts unauffindbar verschwinden!«, machte er seinem Frust Luft und hieb mit seiner Faust auf den Tisch. Bauer zuckte erschrocken zusammen und schaute seinen jungen Kollegen böse an. Hartmann nahm einen weiteren Schluck Kaffee.

»Das ist schon auffällig, oder?«, sagte er dann nachdenklich. Die Kollegen sahen ihn fragend an.

»Genau wie bei Lena Brandt.« Er stellte seine Tasse auf den Tisch und blickte Hinteregger an.

»Ein junges Mädchen verschwindet spurlos. Niemand hat sie gesehen oder weiß etwas. Aus heiterem Himmel, ohne Grund, einfach weg.«

»Denkst Du wir haben es mit dem selben Täter zu tun?«, fragte Hinteregger. Hartmann zuckte mit den Schultern.

»Möglich wär's doch, oder?! Ich meine, in so kürzester Zeit verschwinden zwei Mädchen spurlos. Sowas passiert doch sonst über Jahre hinweg nicht! Das ist doch

mehr als nur auffällig!« Hinteregger sah seinen Kollegen an und nickte ihm müde zustimmend zu.
»Ein Pädophiler, der junge Mädchen entführt«. Bauer schüttelte den Kopf.
»Sowas hat uns hier gerade noch gefehlt!« Hinteregger hob die Hand.
»Noch ist es ja nur eine Theorie Gernot. Die Anzeichen sprechen zwar alle dafür und führen uns zu diesem Schluss. Aber es kann ja auch etwas komplett anderes passiert sein und wir lassen uns von unseren Emotionen zu schnell verleiten.«
»Was meinst Du damit, dass auch irgendetwas anderes passiert sein könnte?«, fragte Bauer.
»Vielleicht sind die Mädchen ja aus freien Stücken verschwunden und einfach abgehauen!«, entgegnete Hinteregger.
»Aber selbst da hätte sie doch jemand sehen müssen!«, widersprach Pfeiffer.
»Eine andere Theorie wäre, dass die beiden Mädchen sich kannten und gemeinsam irgendwohin verduftet sind«, warf Hartmann in die Runde.
»Vom Alter der Beiden her würde es ja passen«, fügte er hinzu.
»Das glaube ich eher nicht!«, sagte Hinteregger.
»Wenn wirklich Beide verschwinden hätten wollen, dann hätten sie das zusammen gemacht und nicht einzeln und mit mehreren Tagen Abstand!«
»Das sehe ich auch so!«, erwiderte Bauer.
»Wenn junge Mädchen abhauen, dann nicht allein, sondern zu zweit. Das würden die sich in ihrem Alter doch nie alleine trauen!« Pfeiffer blickte in die Runde und nickte.
»Na ja, es war ja auch nur eine Überlegung«, meinte Hartmann.
»Und auch vollkommen richtig, sie in die Runde zu werfen!«, meinte Hinteregger.
»Momentan hilft uns alles weiter, was uns auch nur im geringsten zu der Wahrheit führen könnte!« Hinteregger spürte wie wichtig es jetzt war, seine Kollegen motiviert

und auf Trab zu halten. Denn, wenn sie die Motivation und den Glauben daran, die Mädchen bald zu finden, verlieren würden, dann könnte die Sache hier ganz böse für die Mädchen enden. Bauer gähnte laut.
»Und was machen wir jetzt?«, fragte er.
»Jetzt gehen wir alle erst mal nach Hause und schlafen eine Runde!«, befahl Hinteregger.
»Wir waren die ganze Nacht auf den Beinen und sind total übermüdet!« Er blickte in die knallroten, blutunterlaufenen Augen seiner Kollegen.
»Wir haben ein bisschen Schlaf bitter nötig! Und klar denken kann von uns jetzt eh keiner mehr!« Ein müdes, zustimmendes Nicken von Bauer war die Antwort.
»In Ordnung, Alle Mann nach Hause und ins Bett!«, befahl Hinteregger.
»Nehmt euch den Rest des Tages frei! Morgen greifen wir wieder mit vollen Kräften an!« Er sah seinen Kollegen hinterher, die sich verabschiedeten und den Raum verließen. Auch er war todmüde und freute sich nur noch auf sein Bett. Hoffentlich hatten sie morgen neue Erkenntnisse und vielleicht sogar Laura gefunden.

18

Hinteregger gähnte. Der freie Nachmittag und das lange ausschlafen hatten ihm sehr gut getan. Jetzt saß er am Küchentisch und fühlte sich wie neugeboren und voll motiviert ans Werk zu gehen. Er schmierte sich ein Marmeladenbrot. Der lecker duftende Kaffee in seiner Tasse erweckte seine Lebensgeister enorm und er war sich sicher, heute in beiden Fällen ein Stück weiter zu kommen. Er hatte gestern Abend noch lange mit Rita geredet und ihr von dem neuen vermissten Mädchen erzählt. Er wollte ihre Meinung zu beiden Fällen wissen, denn oft war es so, dass sie ihn mit einer Eingebung auf die richtige Spur führte. Doch diesmal hatte sie auch keine wirklich Idee gehabt und letzlich war Hinteregger neben seiner Frau vor Erschöpfung eingeschlafen. Heute Morgen hatte sie ihn mit einem Kuss geweckt und ihm ein leckeres Frühstück hergerichtet. Rita hatte schon früh los müssen, da heute der Ausflug des Kirchenchors anstand. Hinteregger hatte sich noch nie viel aus der Kirche gemacht und er ging deswegen auch nicht oft in die Sonntagsmesse. Doch seine Frau war von ihren Eltern sehr katholisch erzogen worden und war deswegen auch eine brave Kirchengängerin. Solange es ihr Spaß machte und ihr es etwas gab, sollte sie das auch ruhig weiterhin tun. So war sie vor längerer Zeit schon in den Kirchenchor eingetreten und trällerte nun jeden Sonntag fröhlich von der Empore herab. Der Ausflug führte Rita und ihre Gesangskolleginnen ins schöne Südtirol. Genauer gesagt nach Sankt Ulrich, einer kleinen Gemeinde in der Nähe von Kastelruth. Dort wollten die Frauen wandern und ein paar schöne Tage genießen. Rita hatte sich schon lange auf den Ausflug gefreut, doch gestern hatte sie überlegt, ob sie ihren Mann gerade in dieser schweren Ermittlungsphase allein lassen könne. Doch Hinteregger hatte darauf bestanden, dass sie die Reise antrat. Denn schließlich war alles schon bezahlt und er wollte das Geld ja auch nicht aus dem Fenster werfen. Schlussendlich hatte sie dann doch genickt und ihren Koffer fertig gepackt.

Jetzt war sie also weg und er musste die nächsten vier Tage für sich selber sorgen. Früher war das immer kein Problem gewesen, denn da hatte er Lukas einen Geldschein in die Hand gedrückt und ihn zum Einkaufen geschickt. Danach hatten die Beiden in der Küche das werkeln angefangen und ihren »Kochkünsten« freien Lauf gelassen. Nicht selten war der Versuch ein leckeres Essen zu zaubern in einem Besuch in ›Der Rose‹ geendet. Aber wenn Rita dann zurückkehrte, hatten sich die Beiden immer stolz in die Küche gestellt und von ihrer tollen

Zusammenarbeit geschwärmt. Rita war von den nie für möglich gehaltenen Kochkünsten ihrer Männer überrascht gewesen und hatte die Beiden dann immer aufgefordert für sie zu kochen. Doch zu ihrem Pech hatten die Beiden immer etwas anderes zu tun oder plötzlich keine Lust mehr irgendwas zu kochen.

Jetzt, nachdem Lukas ausgezogen war, musste Hinteregger also für sich alleine sorgen. Er nahm sich vor seinem alten Kumpel Mehmed und dessen Dönerstand heute Abend mal wieder einen Besuch abzustatten.

So schluckte er jetzt das letzte Brotstück herunter und sah auf seine Uhr. Zwanzig vor Acht. Verdammt, heute würde er zu spät kommen. Schnell schlürfte er den restlichen Kaffee aus seiner Tasse, schob seinen Teller in die Spülmaschine und flitzte los. Er war gespannt, ob sich etwas Neues ergeben hatte.

Auf dem Kommissariat gab es tatsächlich eine Überraschung. Ein junges Mädchen in Begleitung ihrer Mutter wartete vor seinem Büro.

»Das Mädchen heißt Jana Vogel und hat anscheinend Informationen zu der verschwundenen Laura Baumgärtner!«, teilte ihm Hartmann mit. Spätestens jetzt war Hintereggers Tatendrang wieder auf Hochtouren und er selbst voll motiviert. Er bat die Beiden in sein Büro und saß ihnen jetzt gespannt gegenüber.

»Also Jana«, begann er.

»Du sagt, Du wüsstest vielleicht, wo Laura Baumgärtner sein könnte?«

»Nein!«, antwortete das Mädchen und blickte den Kommissar zögernd an.

»Ich weiß nicht wo Laura ist, aber ich weiß wo sie gestern Nachmittag war!« Hinteregger wurde hellhörig. Wenn das stimmte, konnten sie vielleicht nachvollziehen was mit Laura Baumgärtner passiert war.

»Erzähl mir was Du weißt!«, forderte er das Mädchen auf.

»Laura hat Probleme mit den Männern!«, begann Jana.

»Wie soll ich das verstehen?«, fragte Hinteregger stirn-

runzelnd.
»Na ja«, fuhr Jana fort.
»Sie ist zwar ein hübsches Mädel, doch den ›Richtigen‹ hat sie bisher noch nicht gefunden.«
»Den ›Richtigen‹?«, fragte Hinteregger.
»Laura ist doch erst fünfzehn!«, meinte er fragend.
»Das schon«, entgegnete Jana ihm.
»Aber alle ihre Freundinnen haben schon einen Freund und die Mädels mit denen Laura abhängt, gehören zu den beliebtesten Mädchen in der ganzen Schule.«
»Und das heißt jetzt?«, fragte Hinteregger.
»Das heißt«, fuhr Jana fort, »dass sie unter Druck ist und auch schnell einen Freund finden will, wenn sie weiterhin zu den »coolen« Mädels gehören will!« Hinteregger schwieg und blickte das Mädchen an.
»Seit einer Weile ist sie in einem Chat aktiv, in dem man junge Männer kennen lernen kann.«
»Wie heißt der Chat?«, fragte Hinteregger und schnappte sich schnell einen Stift und einen Zettel. »teenielove.de«, antwortete Jana. Hinteregger notierte sich die neuen Infos und blickte Jana an.
»Woher weißt Du das alles?« Jana drehte sich zu ihrer Mutter um, die sie fragend ansah.
»Ich bin auch drin.« Das Mädchen wurde rot.
»Die Jungs bei uns auf der Schule sind alle so doof und kindisch. Da ist kein Normaler dabei!«
»Und Du willst auch zu den ›coolen‹ gehören und nicht den Anschluss verpassen. Ich verstehe«, erwiderte Hinteregger mit einem Lächeln.
»Erzähl weiter!«, forderte er Jana auf.
»In ›teenielove.de‹ sind junge Männer drin, die wissen, was wir Frauen von ihnen erwarten!« Hinteregger sah überrascht auf. Das Mädchen sprach ja schon wie eine Erwachsene.
»Darf ich fragen wie alt Du bist?«, erwiderte er deswegen.
»Fünfzehn. Wie Laura und die Anderen halt auch!«, antwortete Jana.
»Und da denkst Du, dass du einen jungen Mann brauchst

und dann bei dem auch gut aufgehoben bist?« Der ironische Ton in Hintereggers Stimme war deutlich zu hören. Das hätte er wohl besser nicht gesagt, denn auf einmal fuhr Jana hoch.
»Ich bin kein Kind mehr!«, rief sie.
»Ich weiß genau was ich will und was gut für mich ist!« Mit knallrotem Kopf stand sie vor dem Kommissar und funkelte ihn böse an.
»Jana!«, ihre Mutter war ebenfalls aufgestanden und blickte ihre Tochter streng an.
»Beruhig Dich und pflanz deinen Hintern gefälligst wieder auf den Stuhl!« Jana blickte ihre Mutter mit funkelnden Augen an.
»Du gönnst mir mein Glück doch auch nicht! Ich such mir meinen Traummann und hau dann mit ihm ab wenn er Dir nicht passt!« Hinteregger fragte sich ob das »abhauen« wohl gerade in Mode war. Könnte das vielleicht ein Grund für Lauras plötzliches Verschwinden sein?
»Komm, beruhig Dich wieder und setz Dich bitte wieder hin!«, sagte er mit beschwichtigendem Ton. Jana nickte. Auch ihre Mutter saß wieder stillschweigend da.
»Okay Jana, erzähl bitte weiter!«, fuhr Hinteregger fort.
»Jedenfalls war Laura auch auf ›teenielove.de‹ angemeldet und wir sprechen öfters mal über die Typen, die wir dort kennenlernen«, erzählte Jana. Hinteregger hörte ihr aufmerksam zu.
»Und deswegen weiß ich, dass sie sich gestern mit jemandem treffen wollte.«
»Weißt Du auch mit wem?«, fragte der Kommissar und hatte den Block schon wieder griffbereit.
»Mit einem Simon«, antwortete Jana.
»Simon weiter?«, fragte Hinteregger gespannt.
»Keine Ahnung wie der Typ mit Nachnamen heißt!«, entgegnete Jana.
»Aber ich weiß, dass sie sich gestern Abend um Sechs treffen wollten!« In Hinteregger stieg das Adrenalin.
»Weißt Du wo die Beiden sich treffen wollten?«
»Keine Ahnung«, antwortete Jana und zuckte mit den Schultern. Der Kommissar runzelte die Stirn und überleg-

te angestrengt.

»Hat Laura dir vielleicht sein Profil gezeigt?«, fragte er dann.

»Nein, das wollte sie noch tun aber wir sind nicht mehr dazu gekommen«, entgegnete das Mädchen ihm.

»Aber ich weiß seinen Profilnamen noch!« Hintereggers Kopf schoss nach oben.

»Dann kannst Du dich doch sicher einloggen und uns sein Profil zeigen, oder?«

»Klar, kein Ding! Ich muss mich nur an einem PC einloggen.«

»Warte bitte kurz, ja!«, sagte Hinteregger energisch und flitzte aus seinem Büro. Er musste sofort zu Kreutzer, der eigentlich Leitner in Computerermittlungen hätte unterstützen sollen. Jetzt brauchte er ihn unbedingt, denn sie hatten womöglich eine heiße Spur, die es zu verfolgen galt!

19

Peter Längle stand im Regen und lauschte der Musik, die um ihn herum ertönte. Seine Stimmung und die innere Leere die in ihm herrschte, passte sich der Melodie und dem schlechten Wetter an. Heute war auch wahrlich kein schöner Tag, geschweige denn ein Tag für gute Laune. Nein, im Moment kullerten dicke Tränen seine Backen hinunter und vereinten sich mit den Regentropfen. Man hatte ihm zwar einen Regenschirm angeboten aber er wollte die Kälte und den Regen spüren. Jemand hatte zu ihm gesagt er würde sich durch seine Dickköpfigkeit noch den Tot holen aber das interessierte Längle nicht. Ganz im Gegenteil. An diesem Tag wünschte er es sich sogar zu sterben und das Ganze hier hinter sich zu lassen. Wofür lohnte es sich denn noch zu leben? Alles was ihm in

seinem Leben wichtig war, war ihm genommen worden und auf einen Schlag ausgelöscht. Die Fröhlichkeit, die ihn sonst immer umgab und das heitere Lachen, wenn er sich über etwas freute waren weg. Einfach dahin. Und es würde auch nie mehr wiederkehren, das hatte er sich selbst geschworen. Er wurde aus seinen Gedanken gerissen als die Musik verstummte und der Pfarrer vortrat. »Liebe Trauergemeinde. Wir nehmen heute Abschied von unserer Schwester Klara Längle.« Alles was der Pfarrer danach sagte, ging in Längles Gedanken unter. Er dachte an die schöne Zeit mit seiner Frau zurück und erinnerte sich daran, wie er sie zum ersten Mal gesehen hatte. Wie schüchtern war er damals doch gewesen. Er hätte sich fast nicht getraut Klara anzusprechen. Er dachte an ihr erstes Treffen, an ihren ersten Kuss. Damals am Seeweiher war es gewesen. In einer schönen, warmen Sommernacht hatten sie eine Decke mitgebracht, sich ins Gras gelegt und von ihrer Zukunft geträumt. Er hatte all seinen Mut zusammen genommen und sie sanft geküsst. Was für ein magischer, wunderschöner Moment war das gewesen. Das Glücksgefühl dieses Moments hatte sie über all die Jahre begleitet und die Beiden immer wieder aufs Neue an ihre Liebe erinnert.
Ja, er hatte Klara sehr geliebt. Mit ihr hatte er ihre beiden Kinder Dieter und Barbara groß gezogen, auf die er sehr stolz war. Jetzt stand er gemeinsam mit ihnen am Grab ihrer Mutter. Auch den Beiden kullerten die Tränen übers Gesicht und der Schmerz des Verlustes zeichnete ihren Blick. Längle kehrte in Gedanken wieder zu seiner Frau zurück. Ja, es war eine harmonische und glückliche Ehe gewesen. Auch deshalb, weil sie sich immer alles erzählt hatten und über alle ihre Sorgen und Probleme gesprochen hatten. Sie hatten keine Geheimnisse voreinander gehabt. Das hatte Klara zumindest geglaubt. Tief in Peters Innerem waren eine Schuld und der Schmerz darüber eingebrannt. Eine Schuld über etwas, das sich vor vielen Jahren ereignet hatte und das er auch nie vergessen würde. Diese Schuld hatte sein ganzes Leben verändert und hatte ihn immer wieder verfolgt. Er hatte nie

mit jemandem darüber gesprochen. Vor allem nicht mit seiner Frau. Es belastete ihn schwer, dass er es niemandem erzählen konnte und auch dass er dieses Geheimnis nie seiner Frau hatte erzählen können. Oft wachte er nachts schweißgebadet auf und dachte daran. Doch er hatte es sich geschworen Klara nie zu erzählen, denn er wusste, dass damit ihre Liebe zu ihm zerbrechen würde. Er war in die Kirche gegangen und hatte Gott um Gnade und Vergebung angefleht, doch als der Pfarrer ihn aufforderte die Beichte ab zu legen war er immer nur aus der Kirche gerannt. Ja, Längle hatte Angst. Angst davor, im Ort gebranntmarkt zu werden und von allen gehasst zu sein. Er hatte deshalb mit der Zeit für sich beschlossen sein Geheimnis zu bewahren und es erst dann Preis zu geben, wenn er auf dem Totenbett liegen würde. Dann könnte er für seine Sünden büßen und der Beutelkramer ihn zu sich holen. Doch bis dahin hatte er wohl noch etwas Zeit. Ihn fröstelte es und er knöpfte den obersten Knopf seines Mantels zu. Es war kalt geworden in und um ihn herum.

20

Gespannt saßen die Kommissare an Hintereggers Schreibtisch und starrten auf den Bildschirm. Jana saß vor ihnen, klickte sich durch verschiedene Seiten von ›teenielove.de‹ und wurde von Sekunde zu Sekunde nervöser.
»Das gibt's doch nicht!«, murmelte sie vor sich hin.
»Der ist weg! Einfach wie weggeblasen!« Kreutzer sah Hinteregger an und schüttelte enttäuscht den Kopf.
»Der Kerl hat sein Profil und alle seine bisherigen Einträge gelöscht!«
»Das spricht nicht gerade für seine Unschuld«, antworte-

te Hinteregger. Nein, ganz im Gegenteil. Der Typ machte sich dadurch nur noch mehr verdächtiger und hatte sich damit das volle Interesse der »Soko Lena« auf sich gezogen.

»Gehen wir mal davon aus, dass sich Laura tatsächlich mit diesem ›Simon‹ getroffen hat«, sagte Hinteregger nun und knetete seine Lippe.

»Falls Simon überhaupt sein richtiger Name ist!«, entgegnete Bauer.

»Was ich nicht glaube«, antwortete Hinteregger.

»Dann müssen wir wohl doch von einer möglichen Entführung oder einem möglichen Gewaltverbrechen ausgehen.« Hartmann nickte zustimmend.

»Ja, das spricht mittlerweile leider alles dafür.« Hinteregger sprach weiter.

»Laura lernt den Täter im Chat kennen und trifft sich mit ihm. Er überrascht sie und überwältigt sie.« Hinteregger dachte noch weiter, traute sich allerdings nicht die Gedanken in seinem Kopf auszusprechen. Kreutzer konnte scheinbar Gedanken lesen und kombinierte weiter.

»Dann vergewaltigt er sie und tötet sie.« Hinteregger blickte seinen Kollegen an.

»Na das hoffe ich doch nicht!« Jetzt meldete sich Hartmann wieder zu Wort.

»Gegen ein Gewaltverbrechen spricht, dass wir bisher keine Leiche gefunden haben! Also liegt sie entweder noch irgendwo in einem gammligen Keller, ist schon irgendwo vergraben worden oder im besten Fall lebt sie noch!«, folgerte Kreutzer.

»Hoffen wir Letzteres!«, sagte Hinteregger.

»Wir müssen unbedingt diesen Simon finden!« Hinteregger kratzte nachdenklich an seinem Kopf. Da fuhr Jana plötzlich hoch und starrte Hinteregger mit großen Augen an.

»Ich weiß wie er ausschaut!« Die Kommissare blickten alle gebannt auf das Mädchen.

»Wie, Du weißt wie er ausschaut?«, fragte Hinteregger. Jana trat einen Schritt zurück und hielt sich die Hand an die Stirn.

»Ella hat ein Bild von ihm!«, rief sie.
»Wer ist Ella?«, fragte Hartmann und rutschte auf seinem Stuhl nach vorne.
»Eine Freundin von Laura und mir!«, entgegnete Jana nervös.
»Mit ihr hat Laura am Morgen vor ihrem verschwinden noch geschrieben und ihr als erstes von Simon erzählt!« Hintereggers Puls schoss nach oben und er hatte auf einen Schlag wieder totale Hoffnung.
»Laura hat Ella von ihm erzählt und ihr auch sein Profilbild geschickt!«
»Bist Du dir sicher?«, fragte Hartmann.
»Ja! Sie hat es extra noch kopiert und auf ihrem Handy gespeichert, um es Ella zu zeigen!« Hinteregger blickte zu Kreutzer.
»Ihr habt das Handy doch durchsucht! Habt ihr da kein Bild gefunden?« Kreutzer hob verteidigend die Arme.
»Da waren soviele Bilder gespeichert. Woher sollten wir denn wissen, dass da vielleicht unser Täter drauf ist?« Hinteregger schnaufte durch und blickte wieder zu Jana. Die war jetzt total aufgeregt und erzählte weiter.
»Ella wollte es mir in der Pause noch zeigen aber ich war im Rauchereck mit den Jungs und deswegen haben wir uns nicht mehr gesehn!«
»Du rauchst?« Entsetzt starrte Jana's Mutter ihre Tochter an.
»Bitte Frau Vogler«, entgegnete Hinteregger schnell.
»Das können Sie doch später noch mit ihrer Tochter klären!«
»Wir müssen jetzt unbedingt beim Fall bleiben!« Frau Vogler schüttelte nur den Kopf und setzte sich wieder hin.
»Jana«, begann Hartmann.
»Kannst Du Ella erreichen? Sie muss uns unbedingt dieses Foto schicken!« Jana nickte und zog ihr Handy aus der Tasche.
»Ich ruf sie schnell an und sag ihr, dass sie mir das Bild schicken soll!« Hartmann und Hinteregger sahen sich hoffnungsvoll an. Vielleicht war ja doch noch nicht alles verloren.

Ein paar Minuten später hatte Jana Ella telefonisch erreicht und sie gebeten, ihr das Bild von diesem Simon zu schicken. Gebannt warteten alle auf den Eingang der Nachricht. Als der Klingelton sich meldete, zuckten sie zusammen. Hinteregger wurde es heiß und er starrte Jana gebannt an, während diese auf ein paar Tasten herum drückte.

»Hey, den kenne ich doch!«, rief diese plötzlich. Verdutzt sahen sich die Kommissare an.

»Woher?«, entfuhr es Hinteregger. Jana legte das Handy auf den Tisch, so dass alle das Bild eines hübschen, jungen Mannes sehen konnten.

»Aus einem anderen Chat!«, antwortete Jana.

»Der Typ ist auch in singlefinder.de!«

»singlefinder.de«?, fragte Hinteregger.

»Ja, das ist eine Chatseite die ähnlich aufgebaut ist wie ›teenielove.de‹!«

»Bist Du auf ›singlefinder.de‹ auch angemeldet?«, fragte Hartmann. Jana nickte und war schon dabei die Seite in den Computer einzugeben. Hinteregger wandte seinen Blick zu ihrer Mutter die kopfschüttelnd im Eck saß und ihre Tochter wohl gerade nicht mehr wiedererkannte.

»Woher weißt Du eigentlich, dass der Typ in dem anderen Chat auch angemeldet ist?«, fragte Bauer. Jana drehte ihren Kopf zu ihm.

»Weil ich dort mit ihm geschrieben hab!«, antwortete sie und schluckte. Hartmann sah Hinteregger an. Sollte sich ihr Verdacht doch bewahrheiten und möglicherweise ein Pädophiler Jagd auf junge Mädchen machen?

»Ich bin drin!«, rief Jana und die Beiden blickten auf den Bildschirm. Dort war eine kitschige Seite voller Herzen und verliebter Menschen, die den Benutzer anlächelten, zu sehn. Über allem war eine große Überschrift mit dem Titel ›singlefinder.de, verlieb auch Du dich noch heute!‹ Hinteregger schauderte. War das die Art, wie sich die jungen Leute heutzutage kennenlernten und verliebten? Früher hatte es noch gereicht, dem Mädchen seiner Träume ein schönes Essen auszugeben und sie dann zum Tanzen auszuführen. Heutzutage lernte man sich scheinbar kennen und lieben, ohne sich davor auch nur einmal gesehen haben zu müssen. Klar, auch er kannte ein Paar das sich über das Internet gefunden hatte und glücklich zusammen war. Aber war das wirklich schön? Ihm hätten dabei das Kribbeln im Bauch und die Angst vor dem ersten Treffen gefehlt. Hätte es wohl zwischen Rita und ihm auch gefunkt, wenn die Beiden sich auf ›singlefinder.de‹ gefunden hätten? Oder war er einfach schon zu alt und sah das Ganze schlichtweg aus einem falschen Blickwinkel?

»Da, das ist er!« Jana's Worte rissen ihn aus seinen Gedanken und er ermahnte sich, wieder voll beim Fall zu bleiben und sich nur auf diesen zu konzentrieren.

Auf dem Bildschirm schimmerte jetzt das Bild des jungen Mannes, der ihnen schon von Jana's Handy aus zugelächelt hatte. Kurze schwarze Haare. Diese zu einer stylischen Frisur gegelt. Ein schwarzer Ring im Ohr und Augen, die einen anstrahlten. Doch, Hinteregger verstand, wieso junge Mädchen wie Jana auf diesen Typ abfuhren. In seinem Profil gab sich ›Simon‹ hier allerdings als David aus, Zwanzig Jahre und aus Sulzberg. Seine Hobbys waren seinen Angaben nach, Fussball, Kino und Partys. Also genau die Mischung, die junge Mädchen suchten. Sportlich aktiv, am besten mit einem knackigen, muskulösen Körper. Einer mit dem man mal etwas ruhiges, wie ins Kino gehen unternehmen konnte, der aber auch gern auf Partys abtanzte.

Jana klickte auf ein weiteres Bild, das ihn auf einer Party zeigte. Er trug ein Polohemd, hielt lässig einen Drink in der Hand und lächelte in die Kamera. Hinteregger kratzte sich am Hinterkopf. Sah so ein Pädophiler aus, der junge Mädchen killte? Eher weniger.

»Die ganzen Angaben«, sagte Jana gerade.
»Die stimmen überhaupt nicht!«
»Wieso das?«, fragte Hartmann.
»Na ja«, antwortete Jana.
»Als erstes stimmt ja der Name nicht. Auf ›teenielove.de‹ heißt er Simon und auf ›singlefinder.de‹ David. Auf ›teenielove‹ war er laut Lauras Erzählungen achtzehn. Hier

ist er zwanzig. Das passt doch alles nicht zusammen!« Jana sah die Kommissare fragend an. Kreutzer meldete sich zu Wort.
»Okay, wir haben also jemanden, der sich in zwei verschiedenen Chats als jeweils andere Person ausgibt. Das einzige was übereinstimmt, ist sein Profilbild. Die Frage ist«, meinte Hartmann, »wieso er das tut und wieso er sein Profil auf ›teenielove.de‹ gelöscht hat und dieses hier nicht!« Hinteregger kratzte sich am Bart.
»Vielleicht fühlt er sich zu sicher, dass ihm keiner auf die Schliche kommt und er so in beiden Chats mit einer Menge Mädchen flirten kann.«
»Das wäre möglich!«, nickte Hartmann. So standen die Kommissare vor dem Bildschirm und sahen sich fragend die Bilder an. Plötzlich wurden Hartmanns Augen größer und er betrachtete den Bildschirm vom Nahen. Seine Kollegen blickten ihn fragend an, als er mit einem Finger auf den Bildhintergrund deutete.
»Da, schaut's mal, da hinten links!« Die Kommissare und Jana rutschten mit ihren Nasen direkt an den Bildschirm, um zu erkennen, was Hartmann aufgefallen war. Im linken Bildrand sah man einen jungen Mann stehen, der anscheinend Fotos von der Party schoss.
»Da ist doch nichts besonderes dran«, dachte sich Hinteregger und drehte sich fragend zu Hartmann um. Auch Kreutzer ging es ähnlich. Keiner konnte erkennen, was Hartmann ihnen zeigen wollte. Der blickte in fragende Gesichter, schüttelte den Kopf und zeigte auf das T-Shirt des Fotografen. Kreutzer sah die Aufschrift als Erster.
»AK 04, RS Thedinghausen«, stand auf dem Shirt. Kreutzer setzte sich an die Tastatur und öffnete ›Google‹. Dort gab er »Abschlussklasse 2004, Realschule Thedinghausen ein«. Kurz darauf öffnete sich eine Seite und ein Gruppenbild von einer Menge junger Leute war zu sehen. Eindeutig das Foto von drei Abschlussklassen. Kreutzer drehte sich um und nickte Hartmann zu. Der schaute genau auf den Bildschirm und suchte ihn nach etwas ab. Plötzlich stutzte er erneut, lächelte und deutete mit den Finger auf einen Schüler. Die Kommissare

schauten jetzt auch genauer hin und erkannten einen jungen Mann, der genau so aussah, wie »Simon« bzw. »David«. Kreutzer fuhr mit seinem Finger über die Namen der Schüler und blieb bei »Jan Hochstädt« stehen.
»Unsere Chatschönheit heißt mit richtigem Namen Jan Hochstädt«, sagte er triumphierend. Auf der linken Seite erkannte Kreutzer ein paar Links, auf die man drücken konnte, worauf sich neue Seiten öffneten. Da standen »Unsere Lehrer, Die RS Thedinghausen, Wir, Kontakt und Impressum«. Kreutzer klickte auf den Link mit dem Namen ›Wir‹, worauf sich eine neue Seite öffnete. Darauf zu sehen, waren alle Schüler mit Bild einzeln aufgeführt und dahinter standen »Name, Wohnort, Geburtsdatum und Kommentare der Mitschüler«. Kreutzer scrollte mit der Maus den Bildschirm hinunter und blieb beim Foto ihres »Gesuchten« stehen. Das Bild war genau das Profilfoto aus den beiden Chats. Dahinter stand erneut der Name »Jan Hochstädt« und die Angaben: »Geboren am 20.10.1987 in Thedinghausen. Wohnort: Thedinghausen. Kommentare: Unser Sunnyboy, schon seit der Grundschule mein bester Kumpel, einfach der Beste, mein Schatz....«. Darunter war das Partyfoto aus dem Profil zu sehn.
Kreutzer drehte sich zu seinen Kollegen um.
»Also ich weiß ja nicht wie ihr das seht«, sagte er nun.
»Aber wenn das unser Chatkandidat sein soll und er tatsächlich achtzehn oder zwanzig sein soll, dann hat er sich jedenfalls schwer im Jahr geirrt!«. Hinteregger nickte zustimmend und klopfte Hartmann anerkennend auf die Schulter. Ein Blick wie ein junger Adler. Sie hatten nun den Beweis, dass das Chatprofil ein Schwindel war. Entweder gab sich dieser »Jan Hochstädt« als jemand anderes aus, oder jemand benutze seine Bilder.
»Markus«, sagte Hinteregger und blickte Kreutzer an.
»Kannst Du im Internet herausfinden, ob dieser »Jan Hochstädt« noch in Thedinghausen lebt und wie seine Telefonnummer ist?«
»Kein Problem!«, antwortete der junge Kollege und machte sich sofort ans Werkeln.

Ein paar Minuten später hatten sie eine Adresse und eine Telefonnummer vor der Nase. Hinteregger verlor keine Sekunde und wählte die Nummer. Nach ein paar Sekunden ging eine Frauenstimme ans Telefon.
»Ja, Hochstädt?!«
»Ja, Hallo Frau Hochstädt.«, begann er.
»Alois Hinteregger mein Name. Wäre denn ihr Sohn Jan zu sprechen?« Ein paar Sekunden blieb es ruhig. Dann erklang die Stimme wieder, allerdings mit einem ernsten Unterton.
»Wollen Sie mich verarschen?« Hinteregger runzelte die Stirn.
»Nein, Frau Hochstädt. Gewiss nicht!«
»Warum wollen Sie dann mit Jan sprechen?«, antwortete die Frau.
»Ist er nicht zu Hause?«, fragte Hinteregger. Jetzt wurde die Stimme laut.
»Nein! Und das wird er nach seinem Autounfall vor drei Jahren auch nie mehr sein!«, rief die Frau durchs Telefon und legte im nächsten Moment auf. Hinteregger hielt den Telefonhörer in der Hand und starrte seine Kollegen an. Alle waren geschockt. Jan Hochstädt war tot! Seit drei Jahren schon! Damit hatten sie den ultimativen Beweis dafür, dass sich jemand seine Bilder geschnappt hatte und sie für sich benutzte! Hinteregger legte das Telefon beiseite.
»Wir müssen sofort herausfinden, woher dieses Profil kommt und wer dahinter streckt!«, rief er.
»Ich mach mich sofort an die Arbeit und setzt mich mit ›singlefinder.de‹ in Verbindung!«, antwortete Kreutzer.
»Die müssen mir die Accountdaten geben!« Hinteregger nickte.
»Ich will wissen, wer das ist und ihm ein paar unangenehme Fragen stellen!« Hinteregger drehte sich zu Hartmann. Beide fragten sich, ob das die Spur war, die sie zu den beiden vermissten Mädchen führen würde.

21

Peter Längle fühlte sich einsam. Früher war er mit Klara immer sehr viel unterwegs gewesen. Sei es auf Dorffesten, auf dem jeden Samstag stattfindenden Flohmarkt in der Stadt oder auf Ausflügen, die sie mit einem ortsansässigen Reiseunternehmen unternahmen. Ja, oft waren sie über mehrere Tage weggefahren. Erst Recht seit beide in Rente waren. Klara hatte es geliebt zu reisen und neue Länder kennen zu lernen. Längle musste schlucken und atmete tief durch. Mit einem traurigen Seufzen musste er sich eingestehen, dass diese schönen Tage nie mehr wiederkehren würden. Er saß auf seinem alten Gartenstuhl und betrachtete alte Bilder aus schöneren Tagen. Das schöne, sonnige Wetter um ihn herum interessierte ihn nicht. Nein, er nahm es nicht einmal wahr. Seine sonnigen Tage im Leben waren mit Klara gewesen und mit ihrem Tod waren diese für immer dahin.
Gerade sah er sich Bilder aus dem Mallorcaurlaub von vor zwei Jahren an. Ja, das war schön gewesen. Das hätte er gern noch einmal wiederholt. Er legte das Foto seufzend weg und nahm ein anderes in die Hand. Unwillkürlich musste er lachen. Klara in ihrem schönsten Sommerkleid lächelte ihm entgegen und für ein paar Sekunden war das schöne Gefühl wieder da. Doch im nächsten Moment durchzuckte es ihn. Ein Schmerz wie tausend Stiche, die in seine Brust gestoßen wurden. Längle wollte aufschreien, doch aus seinem Mund kam kein Ton. Er verlor das Gleichgewicht und sackte zur Seite hinunter. Die Hand, die noch verzweifelt versucht hatte, sich am Tisch fest zu klammern, rutschte ab und wischte das volle Glas Orangensaft vom Tisch. Längle kippte aus dem Stuhl und fiel unsanft auf den Rasen. Er hatte unglaubliche Schmerzen und ein Gedanke durchfuhr ihn.
»Das war's jetzt! Das ist das Ende!« Er dachte an Klara und daran, dass er wohl bald wieder bei ihr sein würde. Dann wurde ihm schwarz vor Augen.

22

Hinteregger war nervös. Er tigerte in seinem Büro auf und ab. Es macht ihn wahnsinnig, wenn er glaubte auf eine Spur gestoßen zu sein, doch die Bestätigung dafür fehlte. Kreutzer und Hartmann hatten sich auf Internetrecherche gemacht um irgendwie heraus zu finden, wer hinter dem Chatprofil steckte. Jana und ihre Mutter hatten sich verabschiedet und waren gegangen. Hinteregger war dem Mädchen unendlich dankbar. Hätte sie sich nicht gemeldet und den Ermittlern von Lauras heimlicher Chatbekanntschaft und ihrem Date erzählt, stünden sie immer noch ohne Plan da. Aber jetzt konnten sie sich an eine Spur heften, die sie womöglich zu Laura Baumgärtner und Lena Brandt führen würde. Alle Aufgaben waren verteilt. Nur Hinteregger selbst hatte nichts wirklich zu tun. So beschloss er, Tobias Maurus, der immer noch in U-Haft saß, einen Besuch abzustatten. Vielleicht war dieser heute ja mehr in Redelaune und würde ihm etwas erzählen.

Er schloss die Tür des Verhörzimmers und blickte den Jungen an. Maurus saß in sich zusammengesunken am Tisch und starrte den Kommissar an.
»Darf ich endlich hier raus?«, flehte er den Kommissar an, doch Hinteregger schüttelte nur den Kopf.
»Tut mir Leid Herr Maurus, aber sie sind nach wie vor unser einziger Verdächtiger und ihr Verhalten und ihre ›schicke‹ Wohnungseinrichtung geben uns nicht wirklich einen Anlass, davon ab zu weichen!« Maurus senkte den Kopf. Man spürte, wie ihn das alles mitnahm und belastete.
»Aber ich habe ihren Kollegen doch schon alles gesagt was ich weiß!« Hinteregger schob den Stuhl zurück und setzte sich.
»Ja, das haben Sie ihnen erzählt. Sie wissen angeblich nicht, wo Lena ist und was mit ihr passiert ist.«

»Ja, so ist es doch auch!«, rief Maurus. Hinteregger hob beschwichtigend die Hände und mahnte den jungen Mann zur Ruhe.

»Waren Sie auch auf dem ›Go to Gö‹?«, fragte er ihn und sah ihm in die Augen. Maurus stöhnte laut auf, ließ sich im Stuhl zurückfallen und schlug seine Hände vors Gesicht.

»Oh man, was wollen Sie denn noch von mir?«, begann er.

»Das habe ich ihren Kollegen doch auch schon tausendmal erzählt! Ja, ich war auf dem ›Gö‹. «Und ja, ich hab Lena gesehen und mit ihr gesprochen!« Hinteregger nickte. Das hatte ihm Bauer auch schon erzählt. Laut seinen eigenen Angaben, hatte Maurus Lena im Bierstand getroffen. Welche Uhrzeit es gewesen sei, konnte er aber nicht mehr sagen. Lena sei gut gelaunt gewesen und die Beiden hatten sich eine Weile lang unterhalten. Über »belangloses Zeug«, wie es Maurus genannt hatte. Sie hatten beide ein Bier getrunken und Lena habe sich dann weiter umsehen wollen. Was an Maurus Aussage allerdings interessant war, war der Punkt, dass Lena anscheinend sehr angetrunken gewesen sei. Maurus hatte ausgesagt, dass sie wohl schon ein bisschen zu viel intus gehabt hätte, wodurch die Gesprächsthemen wohl auch nicht viel Sinn gemacht hatten. Hinteregger kratzte sich am Bart und beobachtete Maurus.

»Sie haben Lena einfach weitergehen lassen?«, fragte er nun.

»Ja klar, wieso denn auch nicht?«, antwortete Maurus.

»Das ist Gö! Ein riesen Festzelt, tausend Leute die man kennt und einfach ein riesen Spaß! Da denkt man doch nicht, dass gerade da jemand verschwindet!«

»Genau das ist aber leider passiert!«, entgegnete Hinteregger. Jetzt fuhr Markus im Stuhl nach oben und seine Augen funkelten.

»Meinen Sie mich lässt das alles kalt?«, entfuhr es ihm.

»Denken Sie etwa, mich würde das alles nicht belasten? Die Angst um Lena. Der dauernde Gedanke, wo sie wohl sein mag und was mit ihr passiert ist?!« Hinteregger ent-

gegnete nichts und ließ den jungen Mann reden. Aus diesem sprudelten gerade alle Gefühle heraus.
»Ich wäre so gern nochmal an diesem gottverdammten Abend bei ihr! Ich würde alles anders machen, nicht von ihrer Seite weichen und auf sie aufpassen!« Mit knallrotem Gesicht und Schweißperlen auf der Stirn starrte Maurus den Kommissar an.
»Ich würde alles, ja wirklich alles dafür geben Lena wieder zu sehn! In ihr Gesicht zu sehn und zu wissen, dass es ihr gut geht!«
»Sie sind schwer in Lena verliebt!«, entgegnete Hinteregger. Maurus verstummte, sackte in den Stuhl zurück und hielt sich wieder die Hände vors Gesicht. Ein paar Sekunden blieb er regungslos sitzen, dann blickte er Hinteregger wieder an. In seinen Augen funkelten ein paar Tränen.
»Bitte Herr Kommissar!«, sagte er nun ruhig.
»Mir ist es egal, was Sie mit mir machen! Sperren Sie mich von mir aus mein ganzes Leben lang ein! Das ist mir egal!« Jetzt liefen Maurus Tränen übers Gesicht.
»Aber bitte finden Sie Lena lebend! Wenn ihr etwas passiert, dann macht mein Leben auch keinen Sinn mehr!« Maurus sank komplett in sich zusammen. Er würgte noch ein »Ich Liebe Sie!« heraus, dann brach alles aus ihm heraus. Hinteregger, der ja auch kein Herz aus Stein hatte, glaubte dem jungen Mann gerade jedes Wort. Er tat ihm im Moment einfach nur noch unendlich leid. Hinteregger stand auf, ging um den Tisch herum und legte seine Hand auf die Schulter von Maurus. Der zuckte zusammen und blickte den Kommissar an.
»Schon gut Tobi. Wir tun alles, um Lena zu finden! Und wir werden sie auch finden, versprochen!« Hinteregger überlegte kurz, doch er musste Maurus eine Frage stellen.
»Gibt es eine Chance für euch Beide?«
»Was?«, schluchzte Maurus ihm entgegen.
»Ich meine«, fuhr dieser fort.
»Gibt es eine Chance, dass Du und Lena zusammen kommt's?« Maurus schluchzte und schüttelte den Kopf.

»Nein, nicht wirklich«, antwortete er. Hinteregger zog eine Packung Taschentücher aus seiner Hose und reichte Maurus eins. Der nickte dankbar. So langsam aber sicher beruhigte er sich wieder. Hinteregger legte das Päckchen Taschentücher auf den Tisch und setzte sich wieder. Maurus schnäuzte sich.
»Sorry, ich hab keine Hosentaschen!«, sagte er entschuldigend und hielt das Taschentuch dem Kommissar entgegen. Der lächelte Maurus nur zu und nahm es in seine Hand. Dieser verängstigte junge Mann war kein Mörder dachte sich Hinteregger. Der Arme war einfach nur unendlich verliebt und man merkte ihm die Angst, die er um seine große Liebe hatte, deutlich an. Maurus nickte Hinteregger dankbar zu und fuhr mit brüchiger Stimme fort.
»Ich kenne Lena schon seit dem Kindergarten. Anfangs haben wir uns sehr gut verstanden. Quasi wie beste Freunde oder so. Als wir dann auf die Schule kamen, merkte ich, dass da für mich mehr ist als nur Freundschaft! Ich konnte nur noch an sie denken, hatte die ganze Zeit Schmetterlinge im Bauch.«
»Hast Du es ihr jemals gesagt?«, fragte Hinteregger.
Ich konnte es lange nicht«, entgegnete Maurus.
»Doch vor kurzem habe ich mich getraut und ihr eine SMS geschrieben. Dann wusste sie es.« Hinteregger betrachtete den Jungen.
»Hattest Du in der Zeit eine Freundin?« Wieder schüttelte Maurus den Kopf.
»Nein. Klar, es gab schon mal die eine oder andere Möglichkeit. Doch das wollte ich alles nicht, weil für mich nur Lena gezählt hat!« Hinteregger kratzte sich nachdenklich an seinem Bart. Beeindruckend, wie stark die Liebe dieses jungen Mannes für Lena war. Jahrelang auf Liebe und die Vorzüge einer Beziehung zu verzichten, nur um auf die »Eine«, die »Richtige« zu warten. Das verdiente Respekt. Allerdings war es ebenso auch beängstigend zu sehen, dass Maurus Lena nur für sich beanspruchte und nur mit ihr seine »Erfüllung« finden würde. Wie weit durfte Liebe gehen? Wie weit durfte man sich auf die Ver-

liebtheit einlassen, ohne in die krankhafte Vorstellung zu rutschen, dass es keinen anderen Weg gäbe? Hinteregger war sich sicher, dass dieser junge Mann vor ihm nicht im Stande war, jemanden zu ermorden. Aber wie stand es um seine Psyche? War diese dazu im Stande? Maurus erzählte weiter.

»Lena hat in der ganzen Zeit viele Kerle kennen gelernt. Immer waren es die tollsten und coolsten«, fügte er verächtend hinzu.

»Ich hab mich immer gefragt, was sie an den Typen so toll fand, was ich nicht hatte.« Maurus blickte den Kommissar an.

»Du warst sehr eifersüchtig, oder?«, fragte dieser.

»Natürlich! Diese Typen waren Abschaum!«, schimpfte Maurus. Die spielten sich immer als die großen Macker auf und tyrannisierten die schwachen Kleinen! Nur wenn sie die kleinen Schüler piesacken konnten, fühlten sie sich stark und cool!« Maurus Augen funkelten und der Kommissar fragte sich, ob Tobias Maurus wohl selber auch ein Opfer dieser »coolen Typen« geworden war. Jedenfalls hat das Lena gefallen, immer solche Checker um sich herum zu haben.« Der Frust und die Enttäuschung sprachen aus Maurus Seele.

»Mit einem ›Normalo‹, einem ›Softie‹ wie mir, da konnte sie doch nichts anfangen.« Hinteregger fragte weiter.

»Wie lange ging denn Lenas letzte Beziehung? Und weißt Du, wer ihr letzter Freund war, oder ob sie aktuell noch einen hat?« Verachtung lag im Gesichtsausdruck von Maurus.

»Das war Timo. Kurz vorm Abi, fette Karre und den Arsch voller Kohle, weil seine Eltern Bonzen sind!« Maurus griff nach der Packung Taschentücher, die auf dem Tisch lag und feuerte diese in eine Raumecke.

»Der hat Lena total Scheiße behandelt! Um mit ihm ins Bett zu gehen, war sie gut aber aus allem anderen hätte sie sich raushalten sollen!«

»Was meinst Du mit aus allem anderen?«, fragte Hinteregger nach.

»Ach der Penner ist immer mit seinen ach so coolen

Freunden herumgehangen. Hat mit seiner Kohle geprahlt und den großen Macker rausgelassen!« Hinteregger schwieg und hörte aufmerksam zu.
»Dem sind die Mädels doch wie die Schafe hinterher gerannt und jede wollte mit ihm zusammen sein!«
»Und dann kam Lena«, erwiderte Hinteregger. Maurus nickte.
»Ja. Und die hat ihm scheinbar so gut gefallen, dass sie seine Freundin sein musste. Klar, geiler Körper, schönes Gesicht. Da stehen alle drauf. Nur wenn es darum ging, abends mit ihr was zu machen, da wollte er sie nicht mehr bei sich haben. War ja nur das kleine, junge Mädel«. Maurus kochte vor Wut.
»Zudem war sie gegen seine ›Pausengeschäfte‹«. Jetzt wurde Hinteregger hellhörig.
»Was für ›Pausengeschäfte‹ meinst Du?« Maurus lächelte gequält.
»Der Typ hat in der Pause Zigaretten an die Unterstufenschüler vertickt.« Hinteregger glaubte seinen Ohren kaum.
»Die kamen in der Pause zu ihm, weil sie dachten, dass sie dann cool wären. Für nen Euro pro Kippe war man dabei.« Hinteregger merkte sich, dass er diesem Timo wohl mal einen Besuch auf dem Pausenhof abstatten musste. Zigaretten an Minderjährige zu verkaufen war kein Kavaliersdelikt, sondern eine Straftat. Und dafür würde dieser Kerl büßen müssen.
»Das Ganze mit Lena ging etwa einen Monat«, erzählte Maurus. »Dann hat sie es nicht mehr ausgehalten und Schluss gemacht. Eine Woche später hatte der Arsch schon wieder eine Neue!« Hinteregger nickte nachdenklich.
Was war denn bloß los mit der Jugend von heute? Dass die älteren Schüler die Kleinen in der Schule piesackten war ja schon immer so gewesen. Aber dass es mittlerweile Schüler gab, die an Minderjährige Zigaretten verkauften, war ihm neu.
»Gab es in der Zeit noch andere Verehrer von Lena?«, fragte er nun.

»Na ja, indirekt«, antwortete Maurus. Hinteregger harkte nach.
»Was meinst Du mit indirekt?« Er merkte wie Maurus mit sich rang.
»Tobi, es bringt Dir gar nichts, wenn du mir irgendwas verschweigst! Wenn wir Lena finden wollen, müssen wir alles über sie wissen!« Mit ernstem Blick sah er den jungen Mann an. Der erwiderte den Blick und die Beiden sahen sich ein paar Sekunden schweigend an. Dann brach Maurus seufzend das Schweigen.
»Also gut«, begann er. «Es gibt da noch jemanden. Sie hat jemanden im Internet kennen gelernt!« Hinteregger wurde hellhörig.
»Weißt Du auch auf welcher Seite?«, fragte er nervös. Maurus sah ihn erstaunt an.
»Ja klar. Auf ›teenielove.de‹!«. Bei Hinteregger schrillten alle Alarmglocken und sein Puls stieg.
»Woher weißt Du davon?«, fragte er.
»Weil sie es mir erzählt hat!«, antwortete Maurus.
»Sie hat auf meine SMS geantwortet und hat gemeint sie habe jemanden kennen gelernt und wolle sich mit ihm treffen.«
»Wann war das genau?«, fragte Hinteregger.
»Ein paar Tage vor Gö«, antwortete Maurus.
»Sie hat mir geschrieben, dass sie für mich keine Gefühle hat. Aber wir ja Freunde sein könnten. ›Freunde‹«, verächtlich schüttelte Maurus den Kopf.
»Ich bin darauf eingegangen, weil ich dachte, dass ich ihr vielleicht so meine guten Seiten zeigen könnte.« Maurus sah Hinteregger in die Augen.
»Hab auf guten Freund gespielt, obwohl es weh tat.«
»Was passierte dann?«, fragte Hinteregger, der immer noch nervös war. «Sie hat mir erzählt, dass sie sich mit ihm treffen will.«
»Haben sie es getan?«, fragte Hinteregger.
»Nein, Lena wollte zwar zu dem Date gehen, aber ihr ist etwas dazwischen gekommen.« Hinteregger blickte Maurus streng an.
»Mensch Tobi, warum hast Du uns davon nichts er-

zählt?« Maurus verteidigte sich.
»Ich wusste doch nicht, dass das wichtig ist! Und danach gefragt hat mich ja auch keiner!« Hinteregger biss sich auf die Lippe. Verdammt, das stimmte. Wieso hatten sie Maurus nicht schon früher danach gefragt?!
»Weißt Du wie der Typ hieß?«, fragte er und drehte sich wieder zu Maurus um.
»Klar«, antwortete der.
»Simon.«
Hinteregger wurde es heiß. Genauso hatte sich der Typ auch genannt, der mit Jana und Laura geflirtet und ein falsches Profilbild benutzt hatte! Waren Lena und Laura womöglich echt dem gleichen Täter zum Opfer gefallen? Mitten in seine Gedanken flog die Tür des Verhörzimmers auf und Kreutzer stand schwer schnaufend vor ihm.
»Wir haben ihn! Wir haben den Account geortet!«

23

Barbara Längle saß im Flur des Krankenhauses und tippte nervös mit den Füßen auf und ab. Der Anruf war vorher gekommen und hatte sie beim Kochen gestört. Am anderen Ende hatte sich eine Frau vom Krankenhaus gemeldet, die ihr erzählt hatte, dass ihr Vater einen Herzinfarkt erlitten hatte und nun im Krankenhaus lag. Ein Nachbar hatte ihn im Garten liegend gefunden und sofort den Notarzt verständigt. Die Ärzte hatten es geschafft ihren Vater soweit zu stabilisieren, doch sein Zustand war nach wie vor kritisch. Barbara hatte alles stehen und liegen gelassen und war ins Krankenhaus geeilt. Nun saß sie in dem kalten Flur und wartete darauf, zu ihrem Vater gelassen zu werden. Gerade als sie zur Kaffeemaschine gelaufen war, um sich einen Kaffee zu holen, trat eine junge Krankenschwester in den Gang.

»Frau Längle?«, fragte sie.
»Ja«, antwortete diese und folgte der Schwester. Der Kaffee floß in den Becher, doch dieser blieb in der Maschine hängen. Vor dem Zimmer in dem ihr Vater lag, trat ihr ein Arzt entgegen.
»Frau Längle, ihr Vater ist zwar in einem stabilen Zustand, doch ganz außer Gefahr ist er noch nicht!« Ernst blickte er ihr in die Augen.
»Wir müssen unbedingt jede Art von Aufregung vermeiden und ihr Vater muss sich schonen!« Barbara Längle nickte.
»Darf ich trotzdem zu ihm?« Der Arzt nickte.
»Ja, aber bitte nur kurz! Wie gesagt, er braucht jetzt unbedingt Ruhe!« Die Schwester öffnete die Zimmertür und Barbara trat ein. Sie betrachtete die ganzen Geräte, an die ihr Vater angeschlossen war und Tränen schossen in ihre Augen. Gerade erst hatten sie ihre Mutter zu Grabe tragen müssen und jetzt das. Wieso wurden sie nur so derart heftig bestraft? Sie schluckte schwer und setzte sich auf einen Stuhl, der neben dem Krankenbett stand.
»Hallo Papa«, flüsterte sie und die Tränen kullerten über ihr Gesicht. Peter Längle öffnete schwach die Augen.
»Hallo meine Kleine«, flüsterte er kaum hörbar.
»Papa, was machst Du denn für Sachen?«, schluchzte Barbara ihm entgegen. Doch dieser war sehr schwach und kämpfte mit der Müdigkeit. Er versuchte ihre Hand zu nehmen, doch er war zu schwach. Barbara ergriff seine und legte ihre schützend darüber. Dann versuchte er etwas zu sagen, doch es war nur ein Flüstern.
»Papa, wolltest Du was sagen?«, fragte Barbara und hielt ihr Ohr ganz nah an seinen Mund.
»Ein Geheimnis!«, flüsterte er ihr entgegen.
»Ich muss Dir ein Geheimnis erzählen!«

24

Zusammen mit dem Sondereinsatzkommando standen Hinteregger, Hartmann und Kreutzer nun vor dem Haus, in dem sich, laut Kreutzer jedenfalls, der Computer befand, von dem das Accountsignal gesendet wurde. Vor den Kommissaren erstreckte sich ein altes, halbverfallenes Haus in dem wohl nicht mehr viel Leben steckte. Hinteregger runzelte die Stirn. Ob sie hier diesen »Simon« fanden? Das SEK machte sich bereit zum stürmen und auf Hintereggers nicken, ging die Aktion los. Türen flogen auf und die komplett in schwarze Kleidung gehüllten Spezialkräfte stürmten in das Haus.
Die Lage des Hauses war perfekt um jemanden gefangen zu halten, denn der Hof lag abseits der Hauptstraße, mitten in einem Waldstück. Häuser waren hier weit und breit keine zu sehen. Nervös standen die Kommissare beieinander und warteten ab, was im Haus passieren würde. Einige Momente später, die Hinteregger wie Stunden vorkamen, trat der Einsatzleiter nach draußen.
»In Ordnung! Ihr könnt reinkommen!«, sagte er in Richtung der Kommissare.
»Jemand zu Hause?«, entfuhr es Kreutzer.
»Fehlanzeige!«, antwortete der Einsatzleiter kopfschüttelnd.
»Verdammt!«, dachte sich Hinteregger, der den Kerl sehr gern persönlich vor sich gehabt hätte.
»Wem gehört das Haus?«, fragte Kreutzer.
»Das werden wir wohl hoffentlich gleich erfahren!«, entgegnete Hinteregger ihm und trat durch die Eingangstür. Überall standen SEK-Männer herum und schauten sich die Räumlichkeiten des Hauses an. Gleich rechts neben dem Eingang lag die Küche. Hier hatte scheinbar schon länger keiner mehr abgespült. Es stank und das Geschirr stapelte sich. Töpfe und Pfannen lagen übereinander und sifften vor sich hin.

»Puh«, sagte Hinteregger und hielt sich die Nase zu. Ein leichter Brechreiz stieg in ihm hoch und er musste die Küche schnell verlassen. Direkt gegenüber lag das Wohnzimmer in dem Kreutzer gerade stand und sich umsah. Auch hier herrschte das totale Chaos. Überall lagen Sachen herum, der Tisch war mit lauter Zeug vollgestapelt und auch hier stank es, als ob seit Jahren kein Fenster mehr geöffnet worden war. Hintereggers Blick fiel auf einen alten Röhrenfernseher, der auf einem Tisch stand. Beziehungsweise natürlich, auf das, was auf dem Fernseher stand. Er trat vor und griff nach dem total verstaubten Bilderrahmen, unter dem sich ein Bild verbarg.
»Was hast Du da?«, fragte Kreutzer und trat neugierig neben ihn.
»Das weiß ich noch nicht!«, entgegnete der Kommissar und wischte mit seinem Hemdärmel über das Bild. Darauf waren ein Mann und eine Frau zu sehen, die streng in die Kamera blickten. Vor ihnen saßen zwei Kinder, deren Blicke sich derer ihrer Eltern haargenau glichen. Hinteregger schauderte. Das sah ja nach einer sehr glücklichen Familie aus.
»Wer ist das denn?«, fragte Kreutzer und Hinteregger zuckte nur mit den Schultern.
»Das ist die Familie Wagner!«, antwortete ihnen eine Stimme und die Beiden fuhren erschrocken herum. Hartmann stand grinsend vor ihnen.
»Na, erschreckt?«, fragte er lachend. Hinteregger schüttelte den Kopf.
»Woher weißt Du, wer das ist?«, knurrte er seinem Kollegen entgegen. Hartmann wedelte mit seinem Handy.
»Ein kurzer Anruf beim Einwohnermeldeamt und man erfährt so einiges.« Hinteregger nickte anerkennend.
»Was weißt Du über die Familie?«, fragte er.
»Nun ja«, begann Hartmann.
»Die Dame vom EWMA lebt anscheinend ganz in der Nähe und kannte die Eltern ganz gut.« Hartmann zeigte auf das Foto.
»Wilhelm und Josefine Wagner. Eine erfolgreiche Unternehmerfamilie.« Kreutzer blickte Hartmann fragend an.

»Wilhelm Wagner hat eine Fabrik geführt, in der nach dem zweiten Weltkrieg Kleidung hergestellt wurde«, erzählte dieser weiter.
»Vor allem mit Schuhen war Wagner sehr erfolgreich und muss eine Menge Geld verdient haben. So, dass es der Familie eine Zeit lang richtig gut ging.«
»Eine Zeit lang?«, fragte Hinteregger. Hartmann fuhr fort.
»Eines Tages hatten seine Frau Josefine und ihre Tochter Gerlinde«, Hartmann zeigte auf das Mädchen auf dem Foto, »einen schweren Autounfall. Sie kamen auf glatter Straße ins Schleudern und stießen mit einem Tanklaster zusammen.«
Hinteregger piff durch die Zähne und kniff die Lippen zusammen. »Ein hartes Schicksal«, dachte er sich.
»Gerlinde war sofort tot!«, fuhr Hartmann fort.
»Josefine wurde im Wagen eingequetscht und verbrannte, ohne dass ihr jemand helfen konnte.« Hinteregger blickte zu Kreutzer. Der war auch merklich betroffen über diese Geschichte.
»Wilhelm hat die Tragödie schwer mitgenommen und er verlor sich immer mehr und mehr im Alkohol. Seine Firma ging pleite und er musste schlussendlich den Laden dicht machen. Wilhelm sah danach in allem keinen Sinn mehr und hat sich in einer schönen Sommernacht die Kugel gegeben.«. Hinteregger starrte seinen Kollegen an.
»Ach Du Scheiße«, fand Kreutzer als erster die Sprache wieder.
»Was ist mit dem Jungen?«, fragte Hinteregger und zeigte auf das Foto.
»Siegfried. Er lebt noch!«, entgegnete Hartmann.
»Er musste das Schicksal seiner Familie als kleiner Junge verkraften. Er wurde bis zu seinem achtzehnten Geburtstag in einem Heim aufgezogen. Freunde hatte er scheinbar nie und gesellschaftlich ist er auch nicht engagiert!«, fuhr Hartmann fort.
»Und wo lebt dieser Siegfried?«, fragte Hinteregger. Hartmann zuckte nur mit den Schultern.
»Laut Aussage der EWMA-Dame, hier!«. Die Kommissare blickten sich um. In dieser verlassenen, halb verfalle-

nen und versifften Bude sollte noch jemand wohnen?
»Leute wir haben den PC!«, erklang eine Stimme durch das Haus. Die Drei verließen das Wohnzimmer und folgten dem Gang. Als sie eine Treppe erreicht hatten, stand ein SEKler oben am Geländer des ersten Stocks und blickte zu ihnen herunter.
»Kommissar Hinteregger, hier oben ist der gesuchte PC!« Hinteregger blickte nach oben und schritt die Treppe hinauf. Oben angekommen, zeigte der Polizist auf ein Zimmer. Hinteregger trat ein und staunte nicht schlecht. Das Zimmer war ganz anders als der Rest des Hauses. Vor allem aber eins. Aufgeräumt! In einer Ecke stand ein Holzbett, mit benutzter Bettwäsche, die zur Seite geschlagen war. Hier schlief auf jedenfall jemand! Auf einem kleinen Tisch stand eine elektrische Herdplatte und daneben fein säuberlich eine Pfanne und zwei Töpfe. Daneben lag sauber gestapeltes Besteck. Auf einem Sofa, das an der Wand stand, saß der Einsatzleiter des SEKs und war über einen Computer gebeugt, der auf dem Tisch stand. Als er Hinteregger erblickte, lächelte er und drehte den Bildschirm zum Kommissar. Auf dem Bildschirm war deutlich die Startseite von ›singlefinder.de‹ zu sehen. Das Profil von »Simon Huber«, war geöffnet und sein Profilbild strahlte Hinteregger entgegen.
»Er hat das Passwort vorgespeichert. Ich war im Nu in seinem Profil!«, erzählte der Einsatzleiter. Hinteregger drehte sich zu Kreutzer um, der gerade den Raum betrat.
»Stefan, hier wartet Arbeit auf Dich!«
Ein paar Minuten später hatten Kreutzer und ein Kollege vom SEK das Profil durchgecheckt und die darin enthaltenen E-Mails durchstöbert.
»Der Kerl ist definitiv unser Mann!«, berichtete Kreutzer seinen Kollegen.
»Er hat das Fakeprofil angelegt und flirtet mit jungen Mädels!« Hinteregger war hin und hergerissen. Einerseits freute er sich über den Erfolg, doch gleichzeitig stiegen seine Sorgen um die beiden vermissten Mädchen. Und diese Sorgen wurden nicht weniger, als Kreutzer ihm

eine Mail zeigte, in dem Wagner mit Jana geflirtet hatte. Momentan stand er nur mit einem Mädchen in Kontakt. Einer Ruth aus Wiggensbach. Laut ihrem Profil fünfzehn Jahre jung. Doch was aus den Mails zu lesen war, war er in dem Fall noch nicht sehr weit gekommen. Zum Glück! Hinteregger war klar, dass sie diesen Typ so schnell wie möglich finden mussten!
»Gibt es die alte Fabrik eigentlich noch?«, fragte Kreutzer plötzlich.
»Ja!«, entgegnete Hartmann.
»Laut der EWMA-Dame schon.« Hinteregger schoss das Adrenalin durch den Körper. Wenn das verfallene Haus hier schon ein perfektes Versteck darstellte, was war dann erst eine alte Fabrik für eins!
»Wir müssen sofort zur Fabrik!«, rief er. Kreutzer und Hartmann nickten sich zu und sprangen auf. Sie waren den verschwundenen Mädchen ganz nah. Das spürten sie.

25

Hinteregger und sein Team waren die Ersten, die bei der alten Fabrik ankamen. Verlassen und verfallen lag sie mitten im Nichts. Das Rauschen eines kleinen Baches, der hinter der Fabrik floß, gab dem ganzen eigentlich eine beruhigende Akustik. Doch Hinteregger wusste, dass hier nichts, aber schon gar nichts, beruhigend war. Die Kommissare hatten ihr Auto hinter einem alten Geräteschuppen geparkt. Dieser machte zwar den Anschein, als würde er gleich auseinander fallen, doch er war ein toller Sichtschutz, da man von der Fabrik nicht hinter ihn sehen konnte.
»Mann, wo bleiben die nur?!«, schimpfte Kreutzer und blickte auf die leere Straße. Die Kollegen vom SEK soll-

ten den Ermittlern eigentlich folgen aber die wollten im Haus erst noch auf die Spurensicherung warten. Hinteregger hatte zur Eile geboten, doch der SEK Einsatzleiter ließ sich nicht abbringen. So waren die drei Kommissare also schon voraus gefahren. Hinteregger dauerte das alles schlichtweg zu lange.
»Wir gehen jetzt rein!«, bestimmte er. Seine Kollegen nickten ihm zu. Hier durften sie keine Zeit mehr verlieren! Die alte Eingangstür quietschte, als Hartmann sie öffnete. Seine Kollegen zuckten zusammen und lauschten, ob sie jemand bemerkt hatte. Doch es blieb still und niemand war zu sehen. Hinteregger atmete tief durch, entsicherte seine Waffe und trat ein. Die Kälte, die in der alten Ruine herrschte traf ihn unvorbereitet und er fröstelte sofort. Er ließ seinen Blick schweifen. Sie standen in einem großen Raum, der mit allen möglichen Maschinen voll gestellt war. Die Produktionshalle! Hier hatten vor vielen Jahren eine Menge Menschen gearbeitet. Schon tragisch, was eine so schreckliche Tragödie nicht nur aus einer Familie, sondern auch einer ganzen Existenz machen konnte, dachte Hinteregger. In diesem Moment musste er an Rita und an Lukas denken. Den Streit, den sie gehabt hatten. Den Stress, der zwischen ihnen und ihrem Sohn herrschte. Das alles war so überflüssig gewesen und ihn überkam ein ziemlich schlechtes Gewissen. Das Wichtigste war doch, dass sie sich alle hatten und alle gesund waren. Er nahm sich vor, mit seinem Sohn zu sprechen, wenn das alles hier vorbei war.
Eine Hand berührte seine Schulter und er zuckte zusammen. Hartmann stand hinter ihm, legte seine Finger auf die Lippen und zeigte mit einem Finger in eine Ecke der Halle. Dort sah Hinteregger eine Tür. Er nickte Hartmann zu und die Drei setzten sich vorsichtig in Bewegung. Ihre Blicke zuckten unruhig von einer Ecke der Halle in die Nächste. Hinter jeder Maschine konnte sich jemand verstecken. Hintereggers Herz pochte laut und er hoffte insgeheim, dass Wagner es nicht hören konnte. Leise schlichen sie zu der Tür und Kreutzer war der Erste, der sie erreichte. Er gab seinen Kollegen ein Zeichen

und drückte den Türgriff nach unten. Hinteregger ging in Position, hielt die Waffe weit nach vorn gestreckt und starrte auf die Tür, die sich langsam öffnete. Ein Windhauch kam ihnen entgegen und er zuckte zurück. Vor ihnen lag ein Treppenhaus.

Ein Fenster mit zerbrochener Scheibe spendete ein bisschen Licht und von draußen kam kalte Luft herein. Hartmann gab Hinteregger ein Zeichen, dass er nach oben gehen würde. Kreutzer und Hinteregger sollten unten nachsehen. Beide nickten und schlichen langsam die Treppe hinunter. Eine Etage weiter unten lag eine weitere Tür vor ihnen. Hinteregger, der schweißgebadet war, nickte Kreutzer zu und stellte sich wieder in Position. Kreutzer sah ihm in die Augen und legte seine Hand auf den Türgriff. Das Adrenalin schoß Hinteregger durch den ganzen Körper und er konzentrierte sich voll auf die Tür. Kreutzer drückte nach unten, Hinteregger schluckte und dann....passierte nichts.

»Verschlossen!«, flüsterte Kreutzer. Hinteregger atmete tief durch und entspannte sich. Doch dann schepperte unter ihnen plötzlich etwas und die Beiden zuckten erschrocken zurück. Was war das? Hinteregger sah Kreutzer an, dem der Schreck noch in den Gliedern steckte. Sie musste sich zusammenreißen!

»Weiter!«, flüsterte er Kreutzer zu und sie stiegen vorsichtig die Treppe hinunter. Am Ende der Stufen erwartete sie eine weitere Tür. Und es gab keine andere Alternative, als diese zu durchschreiten.

»Das gleiche Spiel wie eben!«, flüsterte Hinteregger und Kreutzer nickte kurz. Hinteregger stellte sich in Position und zielte auf die Tür, während Kreutzer seine Hand auf dem Griff sinken ließ. Langsam drückte er diesen nach unten. Mit einem leisen knacken öffnete sich die Tür. Und dann ging alles ganz schnell! Der Angreifer schoss auf Hinteregger zu. Dieser war vor Schreck wie gelähmt und stolperte nach hinten. Er konnte sich nicht halten und fiel auf den harten Boden. Hinteregger wollte den Abzug drücken, doch seine Finger waren wie gelähmt und er schaffte es nicht.

Zum Glück! Denn der schwarze Rabe, der jetzt über Hintereggers Kopf hinwegflog, wäre ein schweres Ziel gewesen. Hinteregger lag kreidebleich am Boden, sein Körper zitterte und er starrte mit gezogener Waffe und zitterndem Finger dem davonfliegenden Raben hinterher. Auch Kreutzer stand der Schreck im Gesicht. Er hatte den Mund weit aufgerissen und starrte ihrem Angreifer hinterher. Hinteregger fand langsam seine Stimme wieder. »Scheiße!«, fluchte er leise, als er sich aufrichtete. Kreutzer hielt ihm eine Hand hin und half ihm hoch. Beide Männer sahen sich schwer atmend an und wussten, dass das auch schief gehen hätte können. Ein Schuss und Wagner wäre gewarnt gewesen. Hinteregger zwang sich zur Ruhe und trat durch die offene Tür. Vor ihm lag ein langer Gang, der durch ein funzelndes Licht beleuchtet wurde. Die Tatsache, dass hier überhaupt ein Licht brannte, machte ihn sicher, dass jemand hier war. Langsam schritten die Beiden durch den Gang und ihre Blicke huschten über die großen Kisten, die hier herumstanden. Möglicherweise hatte man darin früher einmal die Ersatzteile für die Maschinen gelagert. Ihre Aufmerksamkeit wurde durch etwas anderes erregt. Durch eine Tür drang ihnen leise Musik entgegen. Die Kommissare blieben stehen und blickten sich an. Jetzt stieg die Spannung ins unermessliche. Hinteregger gab Kreutzer ein Zeichen und erneut stellten sie sich in gewohnter Formation auf. Kreutzer atmete noch einmal tief durch, während Hinteregger voll konzentriert auf die Tür starrte. Kreutzer drückte den Knauf, die Tür öffnete sich und Hinteregger stürmte mit den Worten »Hände Hoch, Polizei!«, hinein. Doch er kam nur bis zum »Hoch«, dann spürte er einen harten Schlag im Nacken und ihm wurde schwarz vor Augen.

<u>26</u>

Er wurde geschüttelt und sein Name wurde gerufen. Was war los? Was war passiert? Hinteregger schlug die Augen auf und blickte in Hartmanns ängstliches Gesicht.
»Alois? Alles in Ordnung?« Hintereggers Kopf dröhnte und er hatte abartige Kopfschmerzen. Er tastete mit den Fingern seinen Hinterkopf ab und ertastete eine dicke Beule. Ein Schmerz durchzuckte seinen Kopf und es fühlte sich an, als wäre gerade eine U-Bahn durch sein Gehirn gerauscht.
Hinteregger stöhnte auf.
»Alois, wo ist Stefan?«, fragte Hartmann besorgt. Hinteregger blickte sich um, doch von seinem Kollegen war nichts zu sehn. Er zuckte nur mit den Schultern. »Jetzt steh erstmal auf!«, forderte Hartmann seinen Kollegen auf und hielt ihm die Hand hin. Hinteregger zog sich nach oben. Das war heut schon das zweite Mal, dass seine Kollegen ihm aufhelfen mussten. Das war bisher gar nicht sein Tag. Und zu allem Überfluss dröhnte sein Schädel.
Er sah sich um. Sie standen in einer alten Küche in dem ein großer, langer Tisch stand. Das war wohl einmal der Aufenthaltsraum gewesen. Der Raum war matt erleuchtet, denn an der Decke hing eine alte Lampe mit gehäkeltem Überzug, die gedämpftes Licht ausstrahlte. So etwas hatte Hinteregger schon lange nicht mehr gesehen. Er erinnerte sich daran, dass seine Großeltern so eine Lampe auch in ihrer Küche baumelnd gehabt hatten. Auf dem Tisch stand ein altes Radio, das leise vor sich hin dudelte.
»Was ist passiert?«, fragte Hartmann erneut. Doch Hinteregger hatte keine Antwort dafür. Er erinnerte sich nur daran, in den Raum gestürmt zu sein. Danach war alles schwarz. Jemand musste ihn niedergeschlagen haben! Instinktiv griff Hinteregger nach seinem Holster. Doch das war leer! Wo war seine Waffe? Er blickte auf den Boden

und suchte diesen ab. Doch nirgends lag seine Waffe.
»Was ist?«, fragt Hartmann, der ihn stumm bei dessen Suche beobachtete.
»Meine Waffe ist weg!«, entgegnete der.
»Ich glaub Wagner hat sie!« Hartmann sah ihn mit großen Augen an.
»Dann sollten wir ihn schnellstens finden! Hoffentlich ist Stefan nichts passiert!«
In der hinteren Ecke des Raums war eine Tür geöffnet, die die beiden in einen weiteren Raum führte. Dieser war deutlich größer als der Aufenthaltsraum und hatte wohl mal als Büro gedient, denn hier standen einige Schreibmaschinen und Schreibtische herum. Hartmann knipste seine Taschenlampe an, die den dunklen Raum erhellte. Eine alte Landkarte und alte Fotos hingen an den Wänden, doch sonst lag der Raum verlassen vor ihnen. Sie durchquerten das Büro und traten durch eine weitere geöffnete Tür in einen anderen Raum. Das hier war einmal eindeutig das Zimmer des Fabrikleiters gewesen. An den Wänden hingen alte Bilder, die Wilhelm Wagner in verschiedenen Posen zeigten. Einmal schüttelte er einem anderen Mann die Hand, ein anderes Mal stand er lachend vor der Fabrik. Und auf einem weiteren Foto war der Raum hier zu sehen. Wagner saß auf einem Stuhl und hatte seinen Sohn Siegfried auf seinem Schoß. Beide lachten in die Kamera. Das waren wohl die besseren Zeiten gewesen.
Hartmann leuchtete durch den Raum und entdeckte ein paar Treppenstufen, die zu einer Tür hinunterführten. Er gab Hinteregger ein Zeichen und schritt vorsichtig voraus. Als sie die Stufen hinunter traten, hörten sie hinter der Tür Stimmen. Hartmann entsicherte seine Waffe und signalisierte Hinteregger, dass dieser die Tür öffnen sollte. Hinteregger verstand und griff mit seiner Hand den Türgriff. Diesmal waren es also vertauschte Rollen. Hinteregger drückte den Griff nach unten, riss die Tür auf und starrte in Hartmanns Gesicht, der sich nicht rührte. Hinteregger streckte seinen Kopf an der Tür vorbei in den Raum. Auch er blickte erstaunt und gleichzeitig entsetzt

auf das Bild, das sich ihnen bot. Direkt vor ihnen stand Kreutzer mit gezogener Waffe. Ihm gegenüber stand ein Mann. In seiner rechten Hand hielt er eine Waffe, die Hinteregger sofort als die Seine erkannte. Aber noch viel schlimmer, vor sich hielt der Kerl ein junges, verängstigtes Mädchen und benutzte es als menschlichen Schutzschild. Nur mit Unterwäsche bekleidet und mit Tränen in den Augen, starrte Laura Baumgärtner die Kommissare hilfesuchend an. Kreutzer zuckte kurz, ließ den Blick aber nicht von Siegfried Wagner. Zwischen dem Kommissar und seinem ungleichen Pärchen gegenüber stand ein Bett, auf dem einige Fesseln lagen. Hier hatte Wagner Laura Baumgärtner also gefangen gehalten.
»Verpisst euch!«, schrie der jetzt und fuchtelte wild mit der Waffe herum.
»Ich bring sie um!« Wagner hielt die Waffe direkt an Lauras Schläfe und das Mädchen zuckte zusammen. Dicke Tränen rollten über ihre Backen. Jetzt erwachte Hinteregger aus seiner Trance und fand seine Stimme wieder.
»Lassen Sie das Mädchen los Wagner! Es ist vorbei!« Doch Wagner starrte nur mit hasserfüllten Augen zurück und machte keine Anstalten, die Waffe sinken zu lassen.
»Vorbei ist es erst, wenn ich das sage!«, brüllte er zurück.
»Was wollen Sie tun, Wagner?«, rief Hinteregger.
»Wir sind zu Dritt und sie ganz allein! Was denken Sie wie hoch ihre Chancen sind, das Ganze hier lebend zu überstehen, wenn sie weiter Widerstand leisten?!« Wagner starrte Hinteregger wortlos an und drückte stattdessen dem Mädchen die Waffe noch fester gegen den Kopf. Laura schrie auf vor Schmerz.
»Halts Maul!«, brüllte Wagner sie an und das Mädchen zwang sich unter Tränen und Todesangst zur Ruhe.
»Seien Sie vernünftig und legen Sie die Waffe weg!«, rief jetzt auch Hartmann, der Hinteregger unterstützen wollte. Auf Wagners Gesicht entstand ein Lächeln. Verdammt, warum lächelte der jetzt, dachte sich Hinteregger.
»Damit ihr mich verhaften und einsperren könnt's?«, antwortete Wagner. Hinteregger erkannte die gelben, kaput-

ten Zähne von Wagner, während der ihn angrinste. Das Gebiss dieses Mannes war genauso kaputt wie seine Psyche. Der Griff um Laura wurde fester. Wagner machte keine Anstalten von dem Mädchen los zu lassen.
»Ich sag euch jetzt wie wir's machen!«, sagte Wagner.
»Ihr lasst mich hier raus, ansonsten stirbt das Mädel!« Laura schluchzte und blickte Hinteregger mit angsterfüllten Augen an.
»Ihr legt jetzt die Waffen weg, oder ich drück ab!«, schrie Wagner und trat einen Schritt nach vorne. Seinen menschlichen Schutzschild vor sich her schiebend. Kreutzer und Hartmann sahen sich an. Ihre Waffen waren immer noch auf Wagner gerichtet.
»Los jetzt!«, schrie der.
»Ihr legt jetzt eure Waffen weg, oder das Mädchen stirbt!«
»Das werden wir nicht tun, Wagner!«, erwiderte Hartmann.
»Wir lassen Sie nicht einfach so gehen!« Wagner zuckte böse und Hartmann sah, wie sein Finger den Abzug langsam nach hinten zog. Der Typ machte keine Späße und würde gleich abdrücken!
»Halt!«, rief Hinteregger. Er blickte zu Hartmann und deutete ihm an, die Waffe zu senken. Dieser starte ihn ungläubig an, doch Hinteregger nickte nur kurz. Langsam und nur mit widerwilligem Blick beugte er sich nach unten und legte seine Waffe auf den Boden. Sie durften das Leben des Mädchens nicht gefährden und es war wohl momentan das Klügste, Wagners Forderung zu erfüllen. Langsam erhob er sich wieder und hob seine Hände. Er beobachtete Wagners Finger am Abzug, der sich entspannt hatte und wieder etwas zurückgegangen war. Wagners Blick schoss zu Kreutzer hinüber.
»Los, Du auch!«, schrie er.
»Oder willst Du, dass das Mädchen stirbt?!« Kreutzer sah Wagner mit wütendem Blick an und man sah, dass er mit sich rang. Er blickte fragend und unentschlossen zu Hinteregger, der nur kurz nickte. Kreutzer atmete laut aus und ließ dann auch die Waffe sinken. Wagner beobachte-

te regungslos, wie Kreutzer seine Waffe auf den Boden legte und sich dann mit erhobenen Händen wieder aufbeugte.
»Na also, geht doch!«, sagte Wagner. Dann blickte er zu Kreutzer.
»Los. Schieb die Waffen mit dem Fuß nach draußen!« Kreutzer sah Wagner fragend an.
»Na los! Mach was ich sage, oder das Mädchen hat ein Loch im Kopf!« Widerwillig aber doch machtlos, trat Kreutzer vor und trat seine und Hartmanns Waffe vorsichtig aus dem Raum hinaus zur Treppe. Hinteregger stand hilflos da und starrte auf seine Waffe, die weiterhin auf Lauras Schläfe gerichtet war. Wie hatte er nur so dumm sein können und sich Wagner so ausliefern können? Ein Schlag, er war ausgeknockt und der Kerl hatte seine Waffe. Ohne seine Dämlichkeit hätten sie leichtes Spiel gehabt und das Mädchen schon längst befreit. Doch so hatte er den Spielball unnötigerweise Wagner zugespielt und der nahm ihn dankend an!
»Fesseln!«, rief Wagner und deutete auf die Stricke, die auf dem Bett lagen. Die Kommissare starrten ihn an, doch keiner bewegte sich.
»Los, mach jetzt!«, schrie Wagner Kreutzer an. Widerwillig und mit eiskaltem Blick, setzte sich der junge Polizist auf das Bett.
»Du!«, schrie Wagner und blickte Hartmann an.
»Los, fessel ihn!« Hartmann trat einen Schritt nach vorne.
»Eine Dummheit und das Mädel ist tot!«, erinnerte Wagner den Kommissar an den Ernst der Lage. Hartmann griff nach den Fesseln und tat wie ihm geheißen. Kreutzer blickte ihn mit hilflosem Blick an, doch Hartmann wusste sich keinen anderen Rat, als den Befehlen Wagners zu gehorchen. Hartmann drehte sich zu Wagner als er fertig war und blickte diesen hasserfüllt und mit blitzenden Augen an.
»Jetzt Du!«, rief er Hinteregger zu. Dieser nahm einen neuen Strick und fesselte Hartmanns Hände ans Bettende. Er fragte sich, ob sie das Richtige getan hatten, als sie die Waffen fallen ließen. Hatten sie sich damit nicht

der einzigen Chance, das Mädchen zu befreien, beraubt? Und wer garantierte ihnen denn, dass Wagner Laura leben ließ? Er vollendete sein Knebelwerk und blickte in die Augen von Wagner.

»So meine Liebe!«, sagte er nun zu Laura.

»Du machst jetzt genau was ich Dir sage, ja. Ansonsten bist Du tot, verstanden?!« Laura zitterte ängstlich und bewegte sich nicht.

»Hast Du verstanden?«, brüllte Wagner sie jetzt an. Das Mädchen zuckte zusammen und nickte eifrig. Wagner hatte sie immer noch fest umgriffen.

»Du bindest jetzt den Bullen da ans Bettende fest und kommst dann sofort wieder zu mir zurück!« Laura nickte und blickte Hinteregger ängstlich an. Der ließ sich auf das Bett sinken und hielt seine Hände nach hinten.

»Und Du«. Wagner schaute Hinteregger böse an.

»Du machst auch keine Mucken! Ansonsten endet das hier sehr sehr böse!« Hinteregger sagte nichts. Daraufhin ließ Wagner Laura aus dem Klammergriff frei, nicht ohne weiterhin mit der Waffe auf ihren Kopf zu zielen. Zitternd nahm Laura die letzte Fessel in die Hand und band den Kommissar am Bett fest.

»Fester!«, rief Wagner und das Mädchen zuckte zusammen. Sie nahm alle Kraft die sie hatte und zog die Fesseln um Hintereggers Hände fest. Die Fesseln schnürten sich in seine Hände und er schrie vor Schmerz auf. Wagner grinste.

»Genau so.« Hinteregger machte sich Vorwürfe. Wenn Laura etwas passieren würde, war er schuld daran. Er hatte es verbockt.

»Komm her!«, rief Wagner, packte Laura grob am Arm und zog sie wieder zu sich. Das Mädchen wimmerte vor Schmerz, traute sich aber nicht zu schreien. Tapfere Kleine, dachte sich Hinteregger. Er hatte sich noch nie so hilflos und leer gefühlt wie in diesem Moment. Wagner hielt Laura jetzt wieder die Waffe an die Schläfe und schob sie Richtung Tür.

»Auf Wiedersehen die Herren! Heute habt ihr wohl verloren!« Er grinste und zog die Tür hinter sich zu. Hintereg-

gers Blick sank nach unten. Er atmete tief durch. Dann schaute er zu Hartmann, der wütend da saß. Sie hatten es verbockt und Laura in eine noch größere Gefahr gebracht, als in der, in der sie sowieso schon steckte. Sollte sie das nicht überleben, würde er sich das niemals verzeihen können.
Dann knallte es plötzlich und die Drei schreckten zusammen. Ein Schuss hatte die Stille zerrissen. Plötzlich waren laute Stimmen zu hören! Eine Frauen-, nein, eine Mädchenstimme schrie laut auf! Was war passiert? Hinteregger wollte aufstehen, doch die Fesseln an seinen Händen hinderten ihn daran. Verzweiflung schoss in ihm hoch. Wer hatte geschossen? Und viel wichtiger, auf wen?! Lebte Laura noch? Laute Stimmen kamen näher und Hinteregger hörte, wie jemand die Treppe herunterkam. Die Anspannung stieg ins Unermessliche, als Hinteregger sah wie die Tür sich öffnete. Ein Mann kam herein und Hinteregger erblickte das SEK-Polizeizeichen an dessen Anzug.
»Hier sind sie!«, rief der Polizist und zwei weitere Männer kamen durch die Tür herein. Einer der Beiden war der Einsatzleiter des SEKs. Hinteregger war noch nie so froh darüber gewesen, einen Kollegen zu sehen, wie jetzt. Doch als einer der Polizisten sich anschickte ihn zu befreien, dachte Hinteregger sofort wieder an Laura.
»Wo sind sie?«, rief er und schaute den Einsatzleiter an.
»In Sicherheit!«, entgegnete dieser. Wir haben das Mädchen!«. Hinteregger fiel ein riesen Stein vom Herzen.
»Was ist mit Wagner?«, fragte er.
»Wagner ist tot!«, entgegnete sein Gegenüber. Hinteregger atmete tief durch. Die Entspannung überkam ihn. Sie hatten das Mädchen und alles war wieder gut. Es war vorbei.
Doch im nächsten Moment fiel im Lena ein! War sie etwa auch in der Fabrik? War sie auch eine Gefangene von Wagner?
»Wir müssen das Gebäude durchsuchen!«, sagte er energisch.
»Möglicherweise wird hier noch ein zweites Mädchen

gefangen gehalten!« Die Mienen der Polizisten wurden sofort wieder ernst und sie schwärmten aus. Wenn Lena hier wäre, würden sie sie auch finden!

Eine Stunde später saßen die drei Polizisten vor der Fabrik und beobachteten, wie Wagners Leiche, der mit einem gezielten Kopfschuss niedergestreckt worden war, in den Leichenwagen verladen wurde. Hinteregger fragte sich noch immer, ob er richtig damit gehandelt hatte, als er Kreutzer das Zeichen gegeben hatte, seine Waffe nieder zu legen. Er hatte an den Schutz des Mädchens gedacht und wollte nichts riskieren. Doch war es besser gewesen, sein Leben und das seiner Kollegen zu gefährden?

Hinter dem Leichenwagen stand ein Krankenwagen in dem Laura von einem Notarzt behandelt wurde. Sie hatte das Ganze wohl gut überstanden und würde, von den seelischen mal abgesehen, keine bleibenden Schäden behalten. Bei ihr standen ihre Eltern mit Tränen in den Augen. Überglücklich, ihre Tochter lebend wieder zu haben. Ein leichtes Glücksgefühl überkam Hinteregger und er war stolz, dass sie das Mädchen gefunden hatten. Doch als er im nächsten Moment an Lena dachte, die sie in der Fabrik nicht gefunden hatten, überkam ihn wieder eine große Leere. Lebte sie noch? Was war mit ihr passiert? Und vor allem, wo war sie? Tausende Fragen, die ihm durch den Kopf schwirrten und nur eine qualvolle Gewissheit. Von Lena Brandt fehlte weiterhin jede Spur.

27

Erschöpft kam Hinteregger zu Hause an, ging sofort zum Kühlschrank und öffnete ein kühles Bier. Puh, das tat jetzt gut! Er setzte sich auf sein Sofa und ließ sich zurück sinken. In Gedanken rekapitulierte er den Tag. Noch nie in seiner ganzen Laufbahn, war ihm ein solcher Fehler passiert wie heute. Fast hätten sie das Mädchen verloren und Wagner wäre mit ihr davon gekommen. Wäre das SEK nicht rechtzeitig gekommen, hätte das Ganze böse enden können. Er trank einen Schluck und ärgerte sich über sich selbst. Hätte er nicht den Befehl gegeben die Fabrik zu stürmen, sondern hätte er auf das SEK gewartet, wäre das alles anders gelaufen. Wagner hätte ihn nicht niedergeschlagen, wäre nicht in den Besitz seiner Waffe gekommen und hätte problemlos von den Spezialkräften überwältigt werden können. Sie hätten Wagner lebend gehabt und hätten ihn nach seinen Gründen für die Tat befragen können. Stattdessen lag dieser nun tot in der Leichenkammer und würde nie mehr ein Wort sagen. Sauer schlug er die Bierflasche auf den Tisch, so dass diese schäumte und überlief. Er ließ sich wieder zurück sinken und hielt sich die Hände vors Gesicht. Er zwang sich tief durch zu atmen und dachte an den schönsten Moment des Abends. Das Wiedersehen von Laura und ihren Eltern. Wie sie sich überglücklich, mit Freudentränen in den Augen, umarmt hatten. Das pure Glück einer Familie, die einmal durch die Hölle und wieder zurück gegangen war. Er erinnerte sich daran, was er sich in der Produktionshalle geschworen hatte und griff nach dem Telefon. Er blickte auf die Uhr. Viertel nach Eins in der Nacht. Egal, das musste er jetzt tun! Daraufhin wählte er Lukas Handynummer und wartete, bis dieser sich verschlafen meldete. Hinteregger atmete tief durch. Er hatte mit seinem Sohn einiges zu klären.

Zur gleichen Zeit schlich sich eine schwarze Gestalt durch das Krankenhaus. Das Nachtlicht der Station war aktiviert und die Pfleger und Pflegerinnen die Nachtschicht hatten, waren woanders aktiv. Die Gestalt hatte also freie Bahn. Ungestört bog sie auf die Intensivstation und schlich durch den verlassenen Gang. Die Gestalt blickte durch die Fenster der Zimmer und suchte nach einem ganz besonderen. Vor einem Zimmer blieb sie plötzlich stehen und trat lautlos ein. Leise schloss sie die Tür hinter sich und trat an das Bett des schlafenden Patienten. Die Gestalt hatte erfahren, dass der Patient einen Herzinfarkt gehabt hatte und nun hier lag. Da musste sie doch einfach auf einen Besuch vorbeikommen. Leise drückte die Gestalt den Ausschaltknopf der Geräte und um sie herum wurde es dunkel. Sie griff nach einem Kissen, das auf einem Stuhl neben dem Bett lag. Mit flüsternder Stimme sprach sie.
»Entschuldige alter Freund. Doch es ist besser so. So bleibt unser Geheimnis für immer verborgen!« Daraufhin drückte die Gestalt mit aller Kraft das Kissen auf das Gesicht des Patienten und wehrte jeden verzweifelten Versuch ihres Gegenübers ab.
»Schhh, sei still«, flüsterte sie.
»Bald ist es vorbei!« Unter ihren Händen zuckte es und die Gegenwehr wurde schwächer. Dann sanken die Hände des Patienten auf das Bett zurück und sein Herz hörte auf zu schlagen. Die Gestalt legte sorgsam das Kissen auf den Stuhl zurück und flüsterte:
»Machs gut alter Freund!« Dann verließ sie lautlos das Zimmer. Zurück blieb nur der tote Peter Längle, der im hellen Licht gerade seiner Klara gegenüber stand. Nun waren sie wieder für immer vereint.

28

Hinteregger schlürfte seinen Kaffee und las die Zeitung. Die Medien hatten von der gestrigen Polizeiaktion Wind bekommen und berichteten von der Befreiung Lauras. Zwar wurden überall die Polizisten als Helden gefeiert und auch besonders Hinteregger wurde als ermittelnder Hauptkommissar gefeiert. Doch er selber fühlte sich immer noch wie ein Versager. Wenigstens hatte er sich gestern in einem langen Gespräch mit Lukas versöhnt und dieser hatte versprochen, demnächst mal vorbei zu kommen um nochmal mit seiner Mutter zu sprechen. Vielleicht war der Familienfrieden ja doch noch zu retten. Zurück kommen und wieder daheim einziehen würde Lukas trotzdem nicht. Das hatte er seinem Vater gleich klar gemacht. Und im Endeffekt war es wohl auch besser so, dachte Hinteregger. Der Junge war schließlich erwachsen und musste jetzt auch mal auf seinen eigenen Beinen stehen. War ja auch nicht so verkehrt. Hinteregger würgte seinen Kaffee hinunter, den er heute mal wieder total verhunzt hatte und wollte gerade zur Arbeit gehen, als das Telefon klingelte. Wer rief denn bitte um diese Zeit an, fragte er sich als er nach dem Telefon griff. Eine Mädchenstimme meldete sich.
»Hallo!, spreche ich mit Kommissar Hinteregger?«
»Ja, wer ist denn da?«, antwortete er.
»Das tut nichts zur Sache!«, antwortete die Stimme.
»Sie ermitteln doch im Fall der vermissten Lena Brandt, oder?!«
»Ja, warum?«, antwortete Hinteregger. Was war denn das jetzt bitte? Wer war diese Anruferin und was wollte sie von ihm?
»Ich kann Ihnen Informationen geben, was mit Lena in der Nacht passiert ist!« Hinteregger war wie erstarrt.
»Kannst Du bitte heute aufs Revier kommen?«, fragte er.
»Du musst unbedingt eine Zeugenaussage machen!«

»Nein, das geht nicht!«, erwiderte die Stimme.
»Ich habe Angst, dass mir etwas passiert!« Hinteregger wurde hellhörig. Wer war dieses Mädchen und was wusste sie wirklich?
»Bitte!«, sagte er.
»Du musst mir sagen, was Du weißt!«
»Nein, nein ich kann nicht!«, antwortete das Mädchen.
»Ich meine nicht jetzt. Ich kann...«, die Stimme brach ab.
»Nein!«, rief Hinteregger.
»Bitte, sag mir wer Du bist!«. Doch das Belegtzeichen war die einzige Antwort die er bekam. Langsam legte er den Hörer wieder auf. Wer war das gewesen? In diesem Moment verfluchte er sich, dass er noch immer das alte Telefon von seiner Mutter benutzte und so die Nummer der Anruferin nicht erkennen konnte. Nur eines wusste er jetzt. Es war noch nicht vorbei!

Als Hinteregger im Büro ankam, rief er seine Kollegen in sein Büro und berichtete von dem mysteriösen Anruf.
»Was schließen wir daraus?«, fragte er nun in die Runde. Hartmann meldete sich als Erster.
»Das Wagner vielleicht nicht unser einziger Täter ist, sondern noch ein Zweiter da draußen rumläuft!« Hinteregger nickte seinem Kollegen zustimmend zu.
»Das bedeutet aber wohl auch, dass Lena nicht aus freiwilligen Stücken verschwunden ist, sondern dass ihr etwas zugestoßen sein muss.«
»Und Du sagst es war ein junges Mädchen, mit dem Du gesprochen hast?«, fragte Hartmann.
»Ja, ganz sicher!«, antwortete Hinteregger.
»Sie wollte mir etwas erzählen, aber als ich sie aufs Präsidium gebeten hab, wurde sie plötzlich wortkarg und hat mich abgewürgt.«
»Das Mädchen weiß also was, hat aber Angst dafür bestraft zu werden, wenn sie es uns verrät!«, sagte Bauer. Hinteregger nickte.
»Ja, genau das.«
»Uns bleibt wohl nichts anderes übrig, als zu warten und

zu hoffen, dass sich unsere mysteriöse Informantin wieder meldet«, meinte Hartmann. Alle nickten zustimmend.
»Na gut, dann mal zum unschönen Teil des Tages«, sagte Hartmann.
»Wir müssen noch den Wagnerfall besprechen und zu Protokoll bringen!« Hinteregger seufzte. Er wusste, dass er nun seine Fehler zu Protokoll bringen musste. Klar, sie hatten Wagner erwischt und das Mädchen lebte. Doch durch sein überhastetes Vorpreschen hatte er Laura und das Leben seiner Kollegen gefährdet. Nicht auszudenken, wenn einer der Beteiligten dabei umgekommen oder verletzt worden wäre.
»Was war das eigentlich für ein Raum, in dem Laura festgehalten wurde?«, fragte Bauer nun.
»Ein Teil von Wilhelm Wagners Büro«, antwortete Hartmann.
»Wagner Senior war anscheinend öfter über Nacht in der Fabrik«, fuhr dieser fort.
»Er hatte doch damals dieses Alkoholproblem und ließ sich aus einem ehemaligen Aktenraum ein kleines Schlafzimmer bauen, in dem er nächtigte, wenn er zu viel intus hatte.«
»Und das alte Bett seines Vaters hat Wagner junior benutzt, um Laura Baumgärtner dort fest zu halten!« schloss Kreutzer.
»Haben wir schon eine Aussage von dem Mädchen?«, fragte Bauer. Hartmann schüttelte den Kopf.
»Nein. Sie war bisher noch viel zu sehr mit sich und mit dem Erlebten beschäftigt. Wir wollten ihr erst Ruhe und Zeit mit ihren Eltern geben. Sie wird aber in den kommenden Tagen eine Aussage machen!« Hinteregger, der bisher nur geschwiegen und zugehört hatte, meldete sich nun zu Wort.
»Wie ist es überhaupt zum Zugriff gekommen?«
»Der Einsatzleiter des SEKs hat unser verstecktes Auto gesehen und dann das Schlimmste befürchtet!«, antwortete Hartmann.
»Er hat seine Männer das komplette Gebäude absuchen lassen und die Jungs sind dabei auf Wagner gestoßen.

Einer der Polizisten hat nicht lange gefackelt und Wagner mit einem gezielten Schuss niedergestreckt, als dieser seine Waffe gerade auf Lauras Kopf richten wollte.« Hinteregger nickte und sein Gesichtsausdruck zeigte seinem Kollegen, dass der Chefermittler der Soko mit sich und seiner Aktion nicht glücklich war.

»Es gab übrigens deutliche Kritik vom SEK, dass wir nicht wie abgesprochen auf sie gewartet, sondern auf eigene Faust gehandelt haben«, fuhr er fort. Hinteregger nickte nur und schwieg.

»Ich habe aber dem SEK Einsatzleiter nochmal deutlich gemacht, dass wir nicht sicher sein konnten, was in der Fabrik geschieht und keine Sekunde verlieren wollten.«

»Was war überhaupt das Motiv Wagners?«, machte Kreutzer eine neue Frage auf. Die anderen blickten ihn fragend an.

»Ich meine, wieso tut er das? Was hat ihn dazu angetrieben, sich in Internetchats einzuloggen und junge Mädchen zu verführen?«

»Du sprichst von mehreren Mädchen?«, bemerkte Hinteregger.

»Ja klar!«, entgegnete Kreutzer.

»Überlegt doch mal. Der hat das Ganze so professionell aufgezogen und gezielt nach jungen Mädchen im Chat gesucht. Als wir seine Wohnung durchsucht haben, haben wir ja gesehen, dass er schon wieder mit einem neuen Mädel am chatten war«, warf Hartmann ein.

»Genau!«, bestätigte Kreutzer.

»Und deswegen denke ich auch, dass Wagner nicht nur mit Laura Baumgärtner und Jana Vogler geschrieben hat. Nur hoffe ich, dass es nicht noch mehr Opfer gegeben hat!« Die Kommissare blickten sich an und Hinteregger ärgerte sich aufs Neue darüber, dass der Einzige, der ihnen darüber Auskunft geben konnte, gerade für seine Beerdigung vorbereitet wurde.

»Wir bleiben weiter dran und versuchen, aus seinem Rechner irgendwas brauchbares zu bekommen«, schloss Kreutzer.

Mangels weiteren Gesprächsthemen beendete die Soko

ihre Besprechung und jeder kehrte zu seinen Aufgaben zurück. Als Hinteregger an seinem Schreibtisch saß, dachte er über die letzten Tage nach. Zwei verschiedene Mädchen, eins davon noch immer vermisst, das andere zum Glück gesund gerettet. Was war nur gerade in seinem guten alten Allgäu los?
Der Tag lief schleppend voran und Hinteregger konnte keine Arbeit richtig beginnen oder zu Ende bringen. Seine Gedanken brachten ihn immer wieder zum Fall Lena Brandt zurück. Als es dann dem Feierabend zuging, waren seine Gedanken bei Laura Baumgärtner, Siegfried Wagner und an das Bett, an das er und seine Kollegen gefesselt gewesen waren.
»Scheiße!«, fluchte er leise vor sich hin, fuhr den Computer herunter und griff nach seiner Jacke. Er musste hier raus und mal zur Ruhe finden. Als er im Auto saß, beschloss er in den ›Seegarten‹ zu fahren. Das war ein kleines Restaurant, direkt an einem kleinen See gelegen. Genau das richtige um jetzt auf andere Gedanken zu kommen und sich endlich mal etwas zu entspannen. Hinteregger freute sich auf einen großen Teller Wurstsalat und ein schönes kühles Bier. Es hatte doch auch etwas Gutes, wenn die Frau nicht da war. Man konnte Essen was man wollte. Ein Grinsen trat auf sein Gesicht und er fühlte sich spürbar besser.
Eine halbe Stunde später saß er also an einem Tisch im Biergarten, schaute den Kindern beim spielen zu und genoss die Ruhe um sich herum. Wie fröhlich und unbeschwert die kleinen Kinder doch waren. Und das ganze Böse draußen in der Welt zum Glück noch ganz weit weg von ihnen und ihrer kleinen, heilen Welt. Er nahm einen Schluck von dem leckeren, kühlen Bier und blickte auf den See hinaus. Er musste an Lena Brandt denken. Hoffentlich ging es ihr gut und hoffentlich würden sie das Mädchen bald finden. Schon allein, weil es für ihre Eltern eine einzige Qual war. Dauernd mussten diese sich die Frage stellen, wo ihre Tochter wohl sein könnte. Doch nie bekamen sie eine Antwort darauf.
Hinteregger blieb noch eine Weile sitzen, plauderte mit

dem Küchenchef, den er gut kannte und machte sich dann viel entspannter und beschwingt auf den Heimweg. Er freute sich nun auf einen ruhigen Abend. Als er geduscht und es sich gerade auf dem Sofa gemütlich gemacht hatte, klingelte sein Diensthandy. Hinteregger fluchte vor sich hin.

»Kreuzkruzifix, nie hat man mal seine Ruhe!«
»Ja!«, brüllte er ins Telefon und bereute im gleichen Moment seine Worte. Am anderen Ende meldete sich Bauer.
»Entschuldige Luis, dass ich Dich um die Zeit noch störe, aber wir haben einen Toten!«
»Ja Himmelsakrament!«, fluchte Hinteregger.
»Spinnen Die denn jetzt alle komplett oder was?! Um wen geht's denn?«
Bauer räusperte sich. »Um den Längle Peter.«
Hinteregger blieb das Wort im Halse stecken. Der Längle Peter war ein guter Bekannter von ihm. Oft traf er ihn im Wirtshaus am Stammtisch und kartelte mit ihm dann die ganze Nacht.
»Was ist passiert?«, würgte Hinteregger heraus.
»Er hatte vor ein paar Tagen einen Herzinfarkt Luis!«, begann Bauer.
»Ein Nachbar hat ihn gefunden und er wurde ins ›Johannes-Krankenhaus‹ gebracht.«
Hinteregger schwieg betroffen und er fühlte einen Kloß im Hals.
»Die Ärzte dort haben ihn so gut es ging stabilisiert«, berichtete Bauer.
»Ihm ging es zwar noch nicht wirklich gut und sein Zustand war noch kritisch, aber die Ärzte waren guter Hoffnung, dass er es schafft.« Hinteregger war in Gedanken bei Peter, der immer ein lebensfroher, lustiger Mensch gewesen war und bei allen beliebt. Der Verlust seiner Frau Klara hatte ihn allerdings schwer getroffen.
»Jedenfalls lag er auf der Intensivstation und war unter ständiger Beobachtung«, fuhr Bauer fort.
»Doch gestern Nacht kam ein Notfall rein und das eh schon sporadisch besetzte Nachtschichtteam musste

komplett eingreifen. So, dass die Station nicht besetzt war. Als die zuständige Schwester eine Weile später zurückkam und nach Peter sehen wollte, waren alle Geräte ausgeschaltet und er lag tot in seinem Bett!«
Hinteregger glaubte kaum, was er da hörte.
Bauer fuhr fort. »Jedenfalls hat unsere Spurensicherung Spuren entdeckt, die darauf schließen lassen, dass er erstickt wurde.« Bauer machte eine Pause um Hinteregger die Infos verarbeiten zu lassen. Der konnte nicht reagieren, war zu schockiert um etwas zu sagen. Wer tat denn bitte sowas? Einen alten Mann, der gerade eben erst einen Herzinfarkt gehabt hatte und seine Frau zu Grabe hatte tragen müssen, zu ermorden.
»Alle Anzeichen deuten darauf hin, dass er mit einem Kissen erstickt wurde das auf einem Stuhl neben seinem Bett lag!«, erklärte Bauer.
»Gibt es brauchbare Fingerabdrücke?«, fragte Hinteregger.
»Das lassen wir gerade prüfen!«, entgegnete Bauer.
»Wenn es so sein sollte, jagen wir sie durch unseren Computer und schauen nach, ob wir dazu jemanden finden!«
Hinteregger nickte stumm vor sich hin.
»Was ist mit Zeugen? Hat irgendjemand was gesehen?«
»Leider nein!«, entgegnete Bauer.
»Oder Kameras?«, fragte Hinteregger.
»Haben die im Krankenhaus vielleicht Kameras installiert?«
»Leider auch nicht! Es war mitten in der Nacht und die Patienten haben alle geschlafen und eine Videoüberwachung hat das Krankenhaus nicht.«
»Verdammt!«, rief Hinteregger.
»Was ist mit dem Empfangsschalter?«, fiel Hinteregger ein.
»Der muss doch dauernd besetzt sein oder?!«
»Das war er ja auch!«, begann Bauer.
»Aber der junge Zivi hatte wohl eine Zeit lang Besuch von seiner Freundin und die Beiden haben sich in einen Nebenraum verzogen.«

Hinteregger schüttelte ungläubig den Kopf.
»Das gibt's doch nicht!« rief er.
»Die haben dem Täter quasi alle Türen aufgehalten und ihm einen Freifahrtsschein geschenkt!«
»Den er auch dankend angenommen hat!«, entgegnete Bauer.
»Einmal Ermordung frei Haus«, quittierte Hinteregger das Ganze ironisch.
»Braucht ihr mich?«, fragte er jetzt.
»Soll ich aufs Präsidium kommen?« Innerlich hatte er sich schon auf eine lange, arbeitsreiche Nacht eingestellt.
»Nein, nein, ist schon okay!«, antwortete Bauer zu Hintereggers Erstaunen.
»Du warst die letzten Tage schon dauernd im Einsatz und hast nicht viel Schlaf bekommen! Ich übernehm die Schicht und schau was ich machen kann!« Hinteregger war seinem Kollegen total dankbar. Er hatte keine Kraft und Motivation nochmal in die Arbeit zu fahren.
»Ruh Dich aus!«, befahl ihm Bauer.
»Wir sehen uns dann Morgen in aller Frische!«
»In Ordnung!«, antwortete Hinteregger dankbar.
»Und nochmal Danke, dass Du für mich übernimmst!« Hinteregger legte den Hörer auf. Jetzt war auch noch der gute alte Peter tot. Kaltblütig ermordet! Hinteregger schüttelte den Kopf und fuhr sich durch die Haare. Jetzt half nur noch ein kühles Bier und eine Runde Schlaf. Er erhob sich vom Sofa, ging in die Küche und nahm sich ein kühles Bier aus dem Kühlschrank. Während er es mit einem zischen öffnete, dachte er nur:
»Was für eine kranke Scheißwelt«.

<u>29</u>

Als Hinteregger am nächsten Morgen ins Büro kam, fühlte er sich wie neugeboren. Er hatte gestern nur noch das halbe Bier geschafft und war dann erschöpft ins Bett gefallen. Und dann hatte er geschlafen wie ein Stein. Das hatte ihm sehr, sehr gut getan. Als er zu seinem Schreibtisch kam, lag dort ein Brief. Er setzte sich und betrachtete diesen fragend. Kein Absender, keine Adresse , nichts. Es stand nur »Hinteregger« darauf. Er blickte sich fragend um und sah Pfeiffer, der an der Kaffeemaschine stand.
»Jens!«, rief er, worauf dieser sich zu ihm umdrehte.
»Ja Chef?«
»Wissen Sie zufällig, von wem dieser Brief hier stammt?«
»Keine Ahnung Chef! Nadine von der Postabteilung war vor einer Weile da und hat ihn auf ihren Tisch gelegt!«
»Ah okay!«, murmelte Hinteregger.
»Danke!« rief er seinem jungen Kollegen zu und machte sich daran den Umschlag zu öffnen. Vorsichtig öffnete er ihn und begann zu lesen. Während er die ersten Zeilen überflog, wurden seine Augen größer und größer und sein Adrenalinpegel stieg.
»Jens!«, rief er und sah, dass sein Kollege noch am Kaffeeautomat stand und sich mit einer jungen Kollegin unterhielt.
»Jens!«, rief er deswegen deutlich lauter und energischer. Der junge Kollege erschrak und wandte sich ihm mit fragendem Blick zu.
»Ja Chef?«
»Teambesprechung, Soko! In fünf Minuten!« Pfeiffer nickte.
»Okay, ich sag den anderen Bescheid!« Hinteregger antwortete ihm nicht und hatte auch keine Augen mehr für seinen Kollegen. Denn sein Blick klebte auf dem Brief und er flüsterte

»Das gibt's doch nicht!«
Genau zehn Minuten später hatten sich alle Soko-Mitglieder im Besprechungszimmer versammelt und blickten Hinteregger mit fragenden Blicken an. Dieser räusperte sich und begann dann zu berichten.
»Ich habe heute Morgen einen Brief von einem anonymen Absender bekommen!« Er machte eine kurze Pause und blickte in die Runde. Hartmann meldete sich.
»Und weiter?« Hinteregger sah seinen Kollegen an und fuhr fort.
»Den ich euch gern vorlesen würde!«
Gespannt lehnten sich die Kommissare in ihren Stühlen zurück und lauschten Hinteregger, der zu lesen begann.

»Hallo Herr Hinteregger!

Ich konnte es ihnen nicht am Telefon sagen, da ich nicht will, dass man mich erkennt. Außerdem würde das alles schlimme Folgen für mich haben, wenn es bekannt würde, dass Sie die Infos von mir haben! Ich bin in der Nacht von Lena Brandts verschwinden auch auf dem ›Go to Gö‹ gewesen. Im Laufe der Nacht bin ich dann zur Bushaltestelle in Görisried gelaufen. Wieso ich das tat, hat Sie an dieser Stelle nicht zu interessieren! Nur folgendes: Ich saß im Dunkeln und habe gesehen, wie Lena total betrunken in Richtung Dorf gelaufen ist. Ich dachte mir nur, die besoffene Schnapsdrossel hat mir gerade noch gefehlt und wollte schon aufstehen und weitergehen. Doch dann hielt plötzlich ein Auto neben ihr und Lena sprach mit dem Fahrer. Ich blieb im Dunkeln sitzen, so dass man mich nicht sehen konnte. Lena stieg in das Auto und das fuhr Richtung Kempten davon. Ich konnte den Fahrer nicht erkennen, doch das Auto war definitiv ein schwarzer Passat.

Viel Glück bei Ihren Ermittlungen Kommissar!«

Hinteregger schwieg und blickte in die Runde. Erstaunte

und überraschte Gesichter blickten ihn an.
»Woher stammt der Brief?«, fragte Hartmann.
»Keine Ahnung Oli!«, entgegnete Hinteregger.
»Er wurde scheinbar in den Briefkasten geworfen und von unserer Postabteilung an mich weitergeleitet! Ich weiß nur, dass er wohl von dem Mädchen geschrieben wurde, das mich gestern angerufen hat!«
»Also wenn das stimmt, was unsere Unbekannte hier erzählt«, begann Bauer,
»dann haben wir jetzt wieder einen ganz wichtigen Anhaltspunkt, den wir unbedingt überprüfen müssen!« Zustimmendes Nicken aus allen Ecken.
»Damit können wir auf jedenfall ausschließen, dass Lena ein Unfall passiert ist oder sie aus freien Stücken verschwunden ist!«, schlussfolgerte Hartmann.
»Nein, in dem Fall müssen wir leider auf jedenfall von einem Gewaltverbrechen ausgehen!«, antwortete Hinteregger.
»Ich prüfe sofort alle Passats in der Umgebung!«, rief Kreutzer und sprang auf.
»In Ordnung!«, meinte Hinteregger. Mit Blick auf Pfeiffer sagte er: »Jens, Sie helfen Stefan!«
Auch bei den anderen Kollegen erwachte neuer Tatendrang. Wenn die Worte, die in diesem Brief standen wahr wären, hätten sie wieder eine ganz heiße Spur! Hoffentlich entpuppten sie sich nicht als Briefente eines Spaßvogels!

Eine Stunde später stand Kreutzer mit einer Liste in Hintereggers Büro.
»Im Raum Oberallgäu sind 105 Passats gemeldet!«, erzählte er.
»Siebenundzwanzig davon sind schwarz. Wir sind die Besitzerlisten durchgegangen und haben sie auf polizeilich bekannte Namen hin gecheckt. Leider ohne wirklichen Erfolg. Aber, wir haben einen interessanten Namen gefunden, der Dich interessieren könnte!«
Hinteregger sah seinen Kollegen fragend an, der ihm grinsend die Liste vor die Nase hielt. Sofort erkannte Hin-

teregger den rot markierten Namen. Überrascht sah er in das grinsende Gesicht von Kreutzer.
»Das glaub ich jetzt nicht!,« entfuhr es Hinteregger, der sofort nach seinen Autoschlüsseln griff.
»Der muss mir jetzt mal unbedingt so einiges erklären!«

30

Eine Weile später standen Hinteregger, Kreutzer und Hartmann vor einem schönen, auf den ersten Blick sehr einladend wirkendem Haus in Görisried. Im Garten vor dem Haus plätscherte ein kleiner Springbrunnen und Hinteregger fragte sich, ob das alles noch schön oder vielleicht doch schon zu kitschig war. Er drückte auf die Türklingel und nach kurzer Zeit näherten sich Schritte. Eine Frau öffnete die Tür.
»Ja bitte?!«
»Guten Tag Frau Brandt!«
»Mein Name ist Alois Hinteregger von der Kripo Kempten und das sind meine Kollegen Kreutzer und Hartmann.« Frau Brandt blickte fragend in die Gesichter der Kommissare.
»Frau Brandt«, fuhr Hinteregger fort.
»Ist ihr Mann zu Hause?«
»Mein Mann? Nein, wieso fragen Sie?!«
»Frau Brandt, wir ermitteln im Fall ihrer vermissten Nichte Lena!«, erklärte Hinteregger.
In Frau Brandt spiegelte sich die Verwirrung.
»Ja okay!«, antwortete sie.
»Und was wollen Sie dann bei uns?!«
Jetzt schaltete Hartmann sich ein.
»Sagen Sie, Frau Brandt, fahren Sie zufällig einen schwarzen Passat?« Frau Brandt nickte.
»Ja, mein Mann. Ich habe einen kleinen Renault Clio.«

»Aber warum fragen Sie mich das? Was soll das alles hier?«

»Frau Brandt«, begann Hinteregger jetzt ernster.

»Ich weiß, die Frage ist jetzt sicher unangenehm für Sie, aber wo waren Sie an dem Abend, als ihre Nichte verschwand?« Frau Brandt starrte Hinteregger mit offenem Mund an.

»Sie glauben doch wohl nicht ernsthaft, dass ich...«.

»Bitte beantworten Sie einfach meine Frage!«, entgegnete Hinteregger. Mit entrüstetem Blick funkelte Frau Brandt den Kommissar an.

»Na gut, wenn Sie es unbedingt wissen wollen. Ich war das ganze Wochenende über bei meiner Freundin in München! Wir hatten uns schon ewig nicht mehr gesehen und das wollten wir jetzt einfach mal ändern!«

»Und ihre Freundin kann das auch bezeugen?«, fragte Hartmann. Frau Brandts Blick wurde noch düsterer.

»Natürlich kann sie das!«, rief sie. Hartmann nickte und zeigte sich zufrieden.

»War ihr Mann an diesem Wochenende auch dabei?«, bohrte Hinteregger nach.

»Nein!«, entgegnete Frau Brandt.

»Dem ging es nicht gut und er ist zu Hause geblieben.«

»Kann uns das auch jemand bezeugen?«, fragte Hartmann vorsichtig. Immer in der Angst, von einem von Frau Brandts wütenden Blicken, erstochen zu werden.

»Ja, unsere Tochter Hanna.«

Hinteregger nickte zufrieden.

»Wäre Hanna gerade zufällig zu Hause?«, fragte er.

»Nein, sie ist bei einer Freundin!«, antwortete Frau Brandt.

»Schade!«, entfuhr es Kreutzer.

»Frau Brandt, wo ist ihr Mann?«, fragte Hinteregger. Diese funkelte den Kommissar böse an.

»Soweit ist es also schon gekommen, dass ihr die eigenen Familienangehörigen verdächtigt's?!« Hinteregger hob beschwichtigend die Hand.

»Wir beschuldigen gar niemanden! Wir würden ihrem Mann nur gern ein paar Fragen stellen!« Man merkte, wie

gerne Frau Brandt den Polizisten an die Gurgel gesprungen wäre. Sie kochte innerlich, schaffte es aber irgendwie sich tapfer zu beherrschen.
»Beim Jagen ist er!«, giftete sie Hinteregger an.
»Beim Jagen?«
»Ja, mein Mann ist Jäger, falls Sie das nicht wissen sollten!« Hinteregger musste sich eingestehen, dass er das echt noch nicht wusste.
»Und wo findet dieses Jagen statt?«, fragte er stattdessen.
»Im Kleinwalsertal oben!«, antwortete Frau Brandt.
»Da hat er eine kleine Berghütte, zu der er immer geht!«
»Können Sie uns die genaue Adresse der Hütte geben und uns sagen, wie wir da am besten hin finden?«, fragte Kreutzer. Die Augen der Frau funkelten böse, doch zu Hintereggers Verwunderung, nahm sie den Block entgegen den ihr Kreutzer hin hielt. Wortlos schrieb sie eine Adresse auf und kritzelte eine kleine Skizze darunter.
»Da!« Sie schob Kreutzer den Block zurück.
»Da findet's ihr ihn!«
»Danke Frau Brandt!«, entgegnete Hinteregger und trat einen Schritt zurück.
»Sagen Sie Frau Brandt«, meldete sich Hartmann nochmal.
»Ist Ihr Mann vielleicht auch telefonisch zu erreichen?«
»Nein, da oben hat man keinen Handyempfang!«, entgegnete Sie. Hartmann sagte nichts, sondern nickte nur kurz.
»In Ordnung!«, sagte Hinteregger nun wieder.
»Sie haben uns sehr geholfen! Einen schönen Tag Ihnen noch!« Wortlos drehte sich Frau Brandt um und ließ die Haustür krachend hinter sich ins Schloss fallen. Hinteregger und Hartmann sahen sich an. Der Kollege pustete hörbar aus und schüttelte nur den Kopf. Diese Frau war mal richtig sauer auf die Kommissare. Hinteregger konnte sie auch gut verstehen. Da verschwand ihre Nichte. Wochenlang passierte nichts und dann stand plötzlich die Polizei vor der Tür und verdächtigte ihre Familie. Das konnte einen schon mal zum Ausflippen bringen. Als

Hartmann das Auto zurücksetzte, fiel Hintereggers Blick auf die offene Garage. Ein kleiner, roter Renault Clio parkte darin, der Platz zu seiner Rechten war verwaist. Es half nichts, sie mussten ins Kleinwalsertal fahren.
Gerade als sie Görisried verlassen hatten, meldete sich Hintereggers Handy. Eine SMS von Günter Gruber wurde angezeigt. Hinteregger runzelte die Stirn. Was wollte der denn von ihm? Er klickte auf »Öffnen« und sah verwundert, dass dieser ihm ein Foto geschickt hatte. Die SMS begann mit den Worten:
»Ich weiß nicht, ob es Dich interessiert, aber wir haben die Fotos aus dem kaputten Blitzer ausgewertet. Und eins davon könnte Dich interessieren! Es stammt laut unseren Daten von der Nacht als Lena Brandt verschwunden ist!« Direkt darunter erschien das Bild. Mit großen Augen und offenem Mund starrte Hinteregger auf sein Handy. Am Steuer des Fahrzeugs, das laut der Geschwindigkeitsmessung 10 km/h zu schnell gefahren war, erkannte er Wilhelm Brandt. Und auf dem Beifahrersitz neben ihm saß ein junges Mädel. Den Kopf an das Fenster gelehnt und scheinbar schlafend. Hinteregger konnte das Gesicht des Mädchens nicht genau erkennen, doch ihm war sofort klar, dass es Lena war! Er drehte den Kopf zu Hartmann und murmelte ihm zu
»Gib Gas Oli!«

31

Das kleine, schmale Sträßlein führte die Kommissare weg von Hirschegg, den Berg hinauf. Am Anfang ihres Weges kamen sie noch an vielen Häusern vorbei, doch irgendwann wurde das Sträßlein zu einem Feldweg, der sich durch einen Wald, weg von der Zivilisation, schlängelte. Hinteregger, dessen Handyempfang sich schon vor einer Weile verabschiedet hatte, tippte trotzdem auf seinem Handy herum. Bauer hatte versucht ihn zu erreichen, doch das musste wohl warten, bis sie wieder im Bereich der Empfangbarkeit waren. Der Feldweg schien nicht enden zu wollen und es ging immer weiter den Berg hinauf. Bis sie auf einen Schlagbaum trafen, neben dem ein Auto parkte. Hinteregger erkannte einen schwarzen Passat mit dem Kennzeichen OAL-WB-749. Wilhelm Brandt war also tatsächlich hier oben! Hartmann parkte das Auto quer hinter dem Auto von Willi Brandt. Man konnte ja nie wissen. Vielleicht startete dieser ja einen Fluchtversuch. Und so könnte er dabei sein Auto nicht benutzen. Den Ermittlern war klar, dass Wilhelm Brandt das Auto gefahren haben musste, in das Lena eingestiegen war. Er musste also wissen, was mit seiner Nichte passiert war. Doch bisher hatte er sich so geäußert, als ob er keinen blassen Schimmer über Lenas Verbleib hätte. Er war es ja schließlich auch gewesen, der auf dem Revier aufgetaucht und einen riesen Aufstand geschoben hatte. Dieser Mann hatte Tränen in den Augen gehabt und in Hintereggers Hand eingeschlagen. Hatte dieser Mann alle und vor allem Hinteregger an der Nase herumgeführt? Hinteregger hatte einige Fragen, die Brandt ihm zu beantworten hatte. Vor allem, wieso er mit Lena Richtung Kempten und nicht zu seinem Haus in Görisried gefahren war. Wieso er den Polizisten davon nichts erzählt hatte.

Die Polizisten überquerten eine Blumen gesäumte Wiese und zu ihrer linken bot sich ihnen ein atemberaubender Blick ins Tal hinab. Doch, dachte sich Hinteregger, hier oben war es schön und ruhig. Hier konnte man es aushalten. Als sie um eine Ecke bogen, erschien ein paar hundert Meter vor ihnen eine kleine Berghütte. Sie passte wunderbar ins Panorama und lud zum Verweilen ein. Hinteregger begann ernsthaft, sich zu überlegen, ob er sich im Ruhestand nicht auch so etwas zulegen sollte. Dann könnten die Welt und die ganzen Probleme, die in ihr herrschten, ihm den Buckel herunterrutschen. Hart-

manns fragender Blick riss ihn aus seinen Träumen. Er musste sich jetzt unbedingt konzentrieren, denn sollte Brandt seine Nichte tatsächlich entführt haben, hätte er sicher auch keine Skrupel, auf einen Polizisten los zu gehen. Hartmann gab Hinteregger ein Zeichen, dass er sich der Hütte von links annähern wollte. Dort standen ein paar Bäume und boten einen perfekten Sichtschutz. Hinteregger stimmte wortlos zu und die Drei schlichen sich zu den Bäumen. Gespannt blickten sie nach oben, doch es war keine Regung in und um die Hütte zu vernehmen.
»Weiter!«, forderte Hartmann seine Kollegen flüsternd auf. Sie kamen der Hütte immer näher und konnten mittlerweile schon in die Fenster blicken. Niemand war zu sehen. Hinteregger zog seine Waffe aus dem Holster und entsicherte sie. Sicher war sicher. Hartmann und Kreutzer folgten seinem Beispiel. Erneut harrten sie aus und blickten gespannt auf die Hütte und die Fenster. Doch alles blieb ruhig und nichts war zu erkennen. Hinteregger gab seinen Kollegen ein Zeichen. Die Kommissare verließen ihre Deckung und sprinteten zur Eingangstür der Hütte. Schnaufend kamen sie an. Kreutzer deutete mit seiner Hand ein Klopfen an. Hartmann und Hinteregger sahen sich an und gaben ihrem Kollegen ein kurzes Nicken zurück. Kreutzer klopfte lautstark an die Tür.
»Herr Brandt, hier ist die Polizei! Bitte öffnen Sie!« Gespannt warteten die Kommissare auf eine Reaktion. Doch wieder rührte sich nichts im Haus. Kreutzer versuchte es erneut.
»Herr Brandt, öffnen Sie!« Hartmann drehte sich und linste durch das nahe liegendste Fenster. Doch ausser einem leeren Raum, gefüllt mit einem Tisch und Stühlen, sah er nichts. Hinteregger blickte Kreutzer an, griff mit seiner Hand um den Türgriff und drückte diesen fest hinunter. Die Tür war nicht versperrt und öffnete sich. Schnell zog Hinteregger sie auf und seine beiden Kollegen stürmten hinein. Kein Lebenszeichen von Wilhelm Brandt. Hinteregger betrat jetzt auch die Hütte und blickte sich um. Sie standen in einem großen Raum, in dem sich

ein Holzofen, ein großer Tisch, ein paar Stühle und eine Sitzecke befanden. Definitiv das Wohnzimmer. Gemütlich wars hier schon, dachte sich Hinteregger. Kreutzer trat gerade durch eine Tür in das nächste Zimmer. Hinteregger folgte ihm und erkannte die Küche. Ein kleiner Herd, ein Waschbecken und ein Kühlschrank. Es war alles da, was man zum leben hier oben benötigte. Als die Kommissare über den Holzboden liefen, knarzte und ächzte dieser lautstark. Sollte doch jemand zu Hause sein, wusste er spätestens jetzt, dass er Besuch hatte. Eine weitere Tür führte die Kommissare in ein anderes Zimmer. Hier standen ein Holzbett, ein Schrank und eine kleine Kommode. Zudem gab es hier ein Fenster, das den Blick aufs Tal freigab. Eindeutig das Schlafzimmer. Hinteregger entspannte sich langsam. Der Vogel schien ausgeflogen zu sein. Hartmann öffnete die Tür, die zum kleinen Badezimmer der Hütte führte. Ein Klo und ein Waschbecken, was man halt so brauchte. Hinteregger verließ das Schlafzimmer und stand nun wieder in der Küche der Hütte. Seine Kollegen traten neben ihn und einer nach dem anderen steckte seine Waffe weg. Fehlanzeige! Hier war weit und breit kein Anzeichen von Lena Brandt! Sollten sie sich doch geirrt und den Falschen verdächtigt haben? Wilhelm Brandts Kleidung lag über dem Bett und in der Küche lag ungespültes Geschirr. Doch wo war er? Hinteregger dachte nach. Wenn Brandt Jäger war, dann musste sich doch irgendwo sein Gewehr finden! Als sie nochmals alle Zimmer der Hütte durchsucht hatten, war klar, dass das Gewehr fehlte. Brandt war also beim Jagen auf dem Berg unterwegs.
»Uns bleibt wohl nichts anderes übrig als zu warten!«, schlussfolgerte Hinteregger. Kreutzer seufzte und setzte sich an den Wohnzimmertisch und schaute aus dem Fenster. Auch Hartmann schien enttäuscht, dass sie Lena nicht gefunden hatten und setzte sich schweigend dazu. Hinteregger beobachtete seine Kollegen und auch er selbst konnte seine Enttäuschung nur schwer verbergen. Insgeheim hatte er darauf gehofft, Lena hier oben zu finden. Und noch etwas anderes beschäftigte ihn. Er hat-

te tierischen Durst!
»Hey Jungs!«, rief er.
»Wollt ihr auch was zum trinken? Ich verdurste sonst noch!« Hartmann winkte nur ab und von Kreutzer kam gar keine Reaktion. Die anfängliche Motivation und der Adrenalin der Beiden, hatte sich in den leeren Räumen in Luft aufgelöst.
»Dann halt nicht!«, murmelte Hinteregger und trat in die Küche. Brandt hatte doch sicher nichts dagegen, wenn er ihm ein Glas Wasser mopste. Wegen ihm waren sie ja schließlich hier und keiner von ihnen wusste, wie lange sie auf Brandt warten würden müssen. Hinteregger öffnete einen Schrank und freute sich, als er auf ein paar frische Gläser stieß. Ein Schluck Leitungswasser tat es sicher auch. Während er das Glas unter den Hahn hielt, fiel sein Blick auf die ungespülten Teller im Waschbecken. Teller. Wieso lagen da zwei ungespülte Teller? Hinteregger stellte den Hahn ab, stellte das Glas zur Seite und griff nach den dreckigen Tellern. Er hob sie an und es kamen darunter zwei Gläser und Besteck für zwei Personen zum Vorschein. Das konnte ein Zufall sein. Aber glaubte er auch an einen? Pures Adrenalin schoss durch seinen Körper und Hinteregger spürte wieder seine Motivation. Er drehte sich um und ließ seinen Blick durch die Küche schweifen. Nichts zu sehn, alles war normal und nichts auffällig hier. Er wandte sich in Richtung Schlafzimmer und ging ein paar Schritte der Tür entgegen. Wieder knarzte und ächzte der Boden unter seinen Füßen. Hinteregger blieb stehen und blickte auf den Teppich zu seinen Füßen. Wieso gab es hier eigentlich einen Teppich? Erst jetzt fiel ihm auf, dass er bis auf diesen hier, in der ganzen Hütte keinen anderen Teppich gesehen hatte. Der Kommissar bückte sich und zog den Teppich zur Seite. Ein Schreck durchfuhr ihn.
»Jungs!«, rief er laut und seine Kollegen zuckten zusammen.
»Jungs, kommt her! Ich hab da was gefunden!« Ein paar Sekunden später standen seine Kollegen neben ihm und starrten auf die Bodenklappe, die vor ihren Füßen lag.

Hinteregger zog sie auf und knarzend öffnete sie sich. Die Spannung stieg und das Adrenalin schoß durch seinen Körper. Kreutzer reichte Hinteregger seine Taschenlampe und der stieg die Stufen in die Dunkelheit hinab. Als er den Boden erreicht hatte, knipste er die Taschenlampe an und sah sich um. Er stand hier in einem kleinen Kellerraum. Er sah Getränkekisten und ein Regal mit Konservendosen. Hartmann stieg die kleine Treppe ebenfalls herunter und stand jetzt neben Hinteregger. Dieser ließ die Taschenlampe weiter durch den Raum wandern. Plötzlich erstarrte er und der Lichtkegel der Lampe blieb an einer Stelle kleben. Hinteregger und Hartmann sahen sich an. Ihnen gegenüber war eine kleine Tür in der Wand! Wo führte diese hin? Hinteregger trat nach vorne und ging zu der Tür. Hartmann folgte ihm. Hintereggers Herz schlug wie wild und er dachte, er würde jeden Moment vor Aufregung kollabieren. Hinteregger drückte Hartmann die Lampe in die Hand und drückte den Türgriff nach unten. Verschlossen! Hartmann sah in das enttäuschte Gesicht seines Kollegen. Dann ließ er den Lichtstrahl über das danebenstehende Regal gleiten. Und plötzlich sah er etwas blitzen. Hartmann trat zum Regal um zu sehen, was da geblitzt hatte und eine Woge der Freude überkam ihn. Auf dem obersten Regalbrett lag ein Schlüssel! Er griff ihn und reichte ihm Hinteregger. »Versuchs mal damit Luis!«, flüsterte er ihm zu. Die Spannung hatte beide ergriffen und riss sie voll mit. Hinteregger steckte den Schlüssel ins Schlüsselloch und triumphierte innerlich! Der passte! Er drehte den Schlüssel weiter, bis er ein Klicken hörte. Die Tür war offen! Hintereggers Herz drohte vor Spannung zu zerspringen als er die Klinke nach unten drückte und die Tür nach innen aufschwang. Vor ihnen stand ein Bett, daneben ein kleines Nachtkästchen wie sie es im Schlafzimmer gesehen hatten und auf dem Bett lag ein Mädchen! Lena Brandt lag regungslos vor ihnen! Eine unglaubliche Mischung aus Freude und Erleichterung übermannte Hinteregger. Er trat durch die Tür und schritt langsam auf Lena zu. Er zitterte, als seine Hand ihr Gesicht berührte.

»Lebst Du noch?«, dachte er sich und blickte auf die geschlossenen, regungslosen Augen des Mädchens. Plötzlich schoss eine Hand nach oben, packte seine und hielt diese fest umklammert. Hinteregger zuckte zusammen und schrie auf. Lena öffnete die Augen und starrte in das Gesicht des Kommissars.
»Wer sind Sie?«, flüsterte das Mädchen ihm entgegen, ohne die Augen von ihm zu lassen. Langsam beruhigte Hinteregger sich wieder.
»Polizei! Wir sind von der Polizei Lena! Es wird alles gut!« Das Mädchen starrte ihn immer noch an. Dann ließ langsam der Druck auf seinem Arm nach. Der Schmerz schwand und Lena löste die feste Umklammerung. Tränen kullerten über ihre Backen. Lena Brandt weinte vor Glück und Erleichterung.
»Es wird alles gut Lena! Wir holen dich hier raus!«, wiederholte Hinteregger.
Kreutzer blickte mit großen Augen auf das Mädchen, das die Treppenstufen zu ihm hochstieg und ihn verängstigt anblickte. Er hielt ihr seine Hand hin und zog die entkräftete Lena nach oben. Diese zuckte zusammen und blinzelte. Die Sonne schien ihr zum ersten Mal seit Tagen ins Gesicht. Hartmann hatte auf dem Bett eine Decke gefunden, die er Lena jetzt über die Schultern legte. Kreutzer zog sein Handy aus der Tasche und wählte die Notrufnummer. Hinteregger holte derweil ein Glas Wasser aus der Küche und hielt es Lena hin, die es dankbar in wenigen Zügen leerte. Er setzte sich neben sie und betrachtete sie.
»Lena«, begann er langsam.
»Kannst Du mir sagen was passiert ist?« Das Mädchen begann zu schluchzen und wieder liefen ihr die Tränen durchs Gesicht.
»Ich war auf dem Gö«, begann sie leise zu erzählen.
»Ich weiß nicht mehr was genau passiert ist. Aber ich wollte heim. Und plötzlich war mein Onkel da und wollte mich heimbringen.« Hartmann, der neben ihr saß, legte seinen Arm um sie.
»Ist okay Lena. Du bist bei uns in Sicherheit!« Lena sah

ihn an und ein dankbares Lächeln huschte über ihr Gesicht.

»Ich bin eingeschlafen und als ich aufgewacht bin, waren wir im Wald. Er hat mich aus dem Auto gezerrt und mich angebrüllt ich solle gefälligst laufen!« Hinteregger hörte schweigend zu.

»Und dann waren wir plötzlich hier. Er schubste mich in den dunklen Raum und dann war alles dunkel und...«. Jetzt brach das Mädchen total zusammen. Hartmann reichte Lena ein Taschentuch das diese gern annahm.

»Hat er Dir etwas angetan?«, fragte Hinteregger vorsichtig. Lena schüttelte nur den Kopf. Eine Erleichterung durchfuhr Hinteregger. Lena war unversehrt, dass war das Wichtigste. In ihm bildete sich eine abartige Wut und er wollte das Schwein finden, das sich als Onkel beschimpfte.

»Notarzt und Krankenwagen sind unterwegs!«, berichtete Kreutzer.

»Sie erwarten uns unten am Schlagbaum!«

»Okay, super!«, antwortete Hinteregger.

»Dann bringen wir Dich jetzt heim!«, sagte er und lächelte Lena aufmunternd zu.

Einige Minuten später sah er Kreutzer hinterher, der mit Hilfe von Hartmann das Mädchen stützte. Die Drei waren nach unten unterwegs um Lena zum Krankenwagen zu bringen. Hinteregger jedoch wollte und musste den Weg nach oben steigen. Er wollte Wilhelm Brandt finden und diesen unbedingt dingfest machen!

32

Schnaufend blickte Hinteregger nach oben. Dieser Berg hörte wohl niemals auf! Er wischte sich den Schweiß von der Stirn und blickte zurück. Er hatte schon einiges an Strecke zurück gelegt und die Hütte war längst verschwunden. Doch auch von Brandt fehlte weiterhin jede Spur. Hintereggers Beine schmerzten und er war durstig, doch die Jagd nach Brandt ließ ihn alles vergessen und trieb ihn weiter an. Als er um eine Ecke bog, sah er vor sich einen großen Wald. Der Schatten würde ihm gut tun. Dort könnte er eine Pause einlegen und sich ein bisschen ausruhen. Schnaufend stützte er seine Hände in die Hüften und atmete tief durch. Hinteregger ließ seinen Blick schweifen und blieb am Waldesrand hängen. Da war ein Jägerstand zwischen den Bäumen!
Sein Pulsschlag stieg und er hob die Hand über die Augen um besser sehen zu können. Hatte er sich das nur eingebildet oder hatte sich dort drüben gerade etwas bewegt? »Tschak«. Er hörte die Kugel neben sich einschlagen, bevor er den Schuss vernahm. Vor Schreck zuckte er zusammen und ging zu Boden. Verdammt! Der Typ schoss auf ihn! Wusste der etwa Bescheid?
»Tschak.« Wieder schlug eine Kugel ein paar Meter neben ihm ein. Er musste handeln, wenn er hier nicht als Jagdtrophäe enden wollte! Er blickte sich hilflos um und erkannte einige Meter entfernt einen großen Felsen. Er dachte nicht lange nach, sondern spurtete los.
»Tschak.« Wieder schlug es nicht weit von ihm entfernt ein. Verdammt, das war knapp! Der Kerl schoss sich langsam ein! Hintereggers Herz schlug wie verrückt und sein Adrenalin pumpte unnachgiebig. Doch er spürte nichts davon, als er über das offene Feld rannte. Denn er wollte im Moment nur seinen Hals retten! Der Felsen kam immer näher. »Tschak«. Zielte der Kerl überhaupt oder ballerte er nur vor sich hin? Endlich kam der Felsen direkt

vor ihm in Sicht und Hinteregger hechtete sich in Sicherheit. »Tschak.« Ein Schuss prallte am Felsen ab. Hinteregger presste seinen Rücken an den Stein und atmete durch. Sein Atem trommelte und er dachte, seine Lunge würde gleich zerspringen. Hinteregger zog seine Dienstwaffe und entsicherte sie.

»Tschak.« Wieder traf ein Schuss auf den kalten Stein. Lange würde er hier nicht bleiben können, das wusste der Kommissar. Ansonsten würde er sich dem Schützen ausliefern. Er blickte sich um und wägte seine Möglichkeiten ab. Wobei, Möglichkeiten war hier mehr als übertrieben. Er steckte auf freiem Feld fest, nur durch den Felsbrocken geschützt. Die einzige Möglichkeit die ihm blieb war die Flucht nach vorn. Er musste zum Wald! Klar, dort war auch der Jägerstand aber es blieb ihm keine andere Chance. Wenn er es schaffen würde, dass sein Gegner nicht mehr auf ihn schießen konnte, da er im Wald war, könnte es klappen. Er dachte daran, wie er mit Leitner in der Wohnung von Tobias Maurus gestanden hatte und an die darauffolgende Verfolgungsjagd. Er hatte keine Kondition und besonders schnell war er auch nicht. Doch ein Schuss Adrenalin konnte ihm helfen, Berge zu versetzen! Hinteregger atmete tief durch.

»Tschak.« Wieder traf ein Schuss den Fels. Er dachte an Rita und wie sehr er sie liebte. Er wollte sie unbedingt wieder in den Arm nehmen und ihr das auch ins Gesicht sagen! Nochmal tief durchatmen. Dann drehte er sich aus seiner Deckung, zielte in Richtung des Hochsitzes und feuerte dreimal hintereinander. Er sprintete los und hatte nur noch den Wald im Blick. Wieso schoss der Kerl nicht auf ihn? Hatte er seinen Gegner womöglich durch ein Wunder getroffen? Mit letzter Kraft erreichte Hinteregger die Bäume und ging schnaufend zu Boden. Vom Hochstand aus hatte man hierher keine Sicht. Er war vor weiteren Schüssen also geschützt. Er ermahnte sich, dass er keine Zeit zu verlieren hatte und hier nicht lange verweilen durfte! Insgeheim verfluchte er sich selbst, dass er Kreutzer und Hartmann mit Lena losgeschickt hatte und mal wieder selber die Welt retten wollte. Immer

diese bescheuerten Alleingänge! Doch hatte er auch erwarten können, dass Brandt Bescheid wusste? Hinteregger stand auf und schlich vorsichtig und gebückt von Baum zu Baum. Vorsichtig und hinter den Bäumen Schutz suchend, näherte er sich langsam dem Hochstand. Sein Puls raste. Mit seiner Waffe im Anschlag blickte er sich vorsichtig um. Als er den Hochsitz erreicht hatte, pochte sein Herz wie wild. Hinteregger harrte aus und sah sich um. Niemand war zu sehen. Dann fasste er sich ein Herz und sprang zielend auf die Leiter zu, die zum Sitz hinauf führte. Er zielte mit der Waffe nach oben, doch der Hochsitz war leer. Hinteregger schoss herum, doch es war zu spät! Ein brennender Schmerz durchfuhr seine Hüfte und ließ ihn zusammen sinken. Er drehte seinen Kopf zu seiner Linken und hinter einem Baum versteckt, stand Brandt! Hinteregger sah an sich herab und betrachtete erschrocken das Blut, dass aus seiner Wunde floss. Er fiel zu Boden und ließ seine Waffe fallen. Zu schwer war der Schmerz. Brandt verließ seine Deckung und trat auf ihn zu. Verächtlich sah er dem Kommissar ins Gesicht und zielte mit seinem Gewehr auf dieses. Hinteregger plagte ein Gemisch aus unglaublichen Schmerzen und der Angst davor, hier sterben zu müssen.
»Tja, Herr Kommissar«, sagte Brandt.
»Das kommt davon, wenn man sich in fremde Angelegenheiten einmischt!« Hinteregger atmete schwer und blickte Brandt in die Augen. Er hätte ihn am liebsten angeschrieen, doch die Schmerzen hielten ihn davon ab.
»Ich hab euch verdammten Schnüffler wohl unterschätzt!«, fuhr Brandt fort. Weiterhin zielte er mit seinem Gewehr genau zwischen Hintereggers Augen.
»Und jetzt kommt ihr hierher und nehmt mir meinen größten Schatz weg?!«, knurrte Brandt weiter. Hinteregger starrte ihn mit bösem Blick an, doch er war immer noch unfähig, etwas zu entgegnen.
»Wissen Sie Kommissar, ich liebe Lena! Schon seitdem ich sie vor ein paar Jahren als Jugendliche gesehen habe!« In Hinteregger kam eine Welle von Abneigung und

Wut nach oben.

»Sie hat einen Traumkörper und ist einfach nur mein größtes Glück!« Hintereggers Verachtung gegenüber Brandt wuchs immer mehr und mehr. Was war das nur für ein krankes Schwein?!

»Ich habe gesehen, mit welchen Typen sie sich getroffen hat!«, fuhr Brandt fort.

»Und ich habe diese Kerle gehasst, die sich an meinem Mädchen vergriffen haben!« Brandt verzog das Gesicht und spuckte verächtlich zur Seite.

»Ich wollte ihr einen Gefallen tun! Ihr zeigen wie sehr ich sie liebe und das sie nur mit mir allein glücklich sein kann!« Hinteregger schluckte. Dieser Typ hatte keine Skrupel! Nicht einmal vor der eigenen Familie.

»Deshalb habe ich sie hierher genommen, damit sie bei mir sein kann!«

»Was sagt ihre Frau dazu?«, krächzte Hinteregger. Brandt verzog wieder verächtlich das Gesicht.

»Die Alte kann mir gestohlen bleiben! Mich kotzt ihre heile Welt und ihr Familienmist an!«

»Sie wird alles erfahren, Brandt!«, entgegnete Hinteregger. »Selbst wenn Sie mich hier töten, meine Kollegen werden Sie jagen und Sie werden ihre gerechte Strafe erhalten!« Die Anstrengung tat Hinteregger nicht gut, ihm wurde langsam schwindlig.

»Pah, meinen Sie das interessiert mich?«, entgegnete Brandt. »Sie werden hier sterben und bis ihre Kollegen mich suchen, bin ich schon längst über alle Berge!« Hinteregger starrte Brandt in die Augen. Der Typ schien zu allem entschlossen!

»Wissen Sie Kommissar«, fuhr Brandt fort.

»Auf dem Revier waren Sie mir eigentlich sehr sympathisch. Sie haben sich um mich, den trauernden Onkel gekümmert und mir echt das Gefühl gegeben, dass Sie mit mir fühlen. Hätten Sie es nur bei den Worten belassen, dann wäre weiterhin alles gut!« Brandt machte eine Pause und atmete tief durch.

»Doch Sie haben mir genommen, was mir gehört! Und dafür werden Sie jetzt büßen!« Brandt schob das Gewehr

bedrohlich nahe an Hintereggers Kopf. Der versuchte sich irgendwie davor zu schützen, doch der Schmerz in seiner Hüfte hinderte ihn daran. Hilflos blickte er seinem Gegner in die Augen.
»Verabschieden Sie sich von dieser Welt!«, sagte dieser und zielte nun. Hinteregger schossen tausend Gedanken durch den Kopf. Rita, Lukas, ihre Hochzeit, Lukas Geburt...er starrte Brandt an und schloss die Augen. Krachend löste sich der Schuss.

Hinteregger verspürte keinen Schmerz. War er schon tot? War es so leicht zu sterben? Doch dann fiel etwas auf ihn herab und raubte ihm jede Luft. Hinteregger schrie vor Schmerz und riss die Augen auf. Über ihm lag Brandt mit weit aufgerissenen Augen und einem tiefen Einschussloch in der Stirn. Wilhelm Brandt war tot! Mit letzter Kraft und unter unglaublichen Schmerzen, hob Hinteregger seinen Kopf. Im Licht der Abendsonne stand Frau Brandt und hielt einen rauchenden Revolver in der Hand. Hinteregger sah noch, wie sie diesen fallen ließ und zu Boden sank. Dann wurde ihm schwarz vor Augen.

33

Hinteregger öffnete die Augen. Er erkannte Rita, die ihn mit sorgenvollen Augen ansah und ihm liebevoll übers Gesicht strich. Das Krankenhaus hatte ihr Bescheid gegeben und sie hatte sich sofort auf den Heimweg zu ihrem Mann gemacht. Dieser lächelte sie jetzt schwach an. Die Schmerzen taten zwar immer noch ihren Dienst, doch laut dem Oberarzt bestand keine Gefahr mehr für ihn. Hinteregger war gestern Abend schon wieder zu sich gekommen und hatte in die Augen von Hartmann geblickt, der an seinem Bett saß. Dieser hatte ihm erzählt, dass sie Lena dem Rettungsdienst übergeben hatten. Dabei war ihnen aufgefallen, dass ein roter Clio neben ihrem Dienstwagen geparkt hatte. Kreutzer und er hätten sich daraufhin sofort wieder den Berg hinauf begeben und plötzlich Schüsse gehört. Voller Sorge um ihren Kollegen waren sie den Berg hinauf gespurtet. Als sie dann, völlig am Ende ihrer Kraft, auf der großen Wiese angekommen waren, hatten sie Frau Brandt wortlos und kreidebleich an einem großen Felsen lehnend vorgefunden. Neben ihr hatte ein Revolver gelegen und sie hatte auf den Wald gezeigt. Der Rest war Geschichte.

Nun lag Hinteregger also im Krankenhausbett, hielt die Hand seiner Frau und war trotz seiner Schusswunde der glücklichste Mann der Welt.
»Ich Liebe Dich!«, flüsterte er ihr schwach entgegen. Rita lächelte und eine Träne kullerte über ihre Backe.
»Ich Dich auch!«
Hinter Rita öffnete sich die Zimmertür und Bauer trat herein.
»Oh, Entschuldigung! Ich wollte nicht stören!«
Rita lächelte den Kollegen ihres Mannes an und wischte sich die Tränen aus den Augen.
»Schon gut Herr Bauer. Das tun Sie nicht!«
Bauer nickte dankbar und trat ans Bettende, so dass Hinteregger ihm in die Augen blicken konnte.
»Ich will auch gar nicht lange stören Luis!«, begann er.
»Ich hab nur ein paar Infos, die Dich wohl sehr interessieren könnten!«
Hinteregger sah seinen Kollegen an und spitzte die Ohren.
»Wir wissen jetzt, wer die anonyme Anruferin war!«
Überrascht sah ihn Hinteregger an.
»Frau Brandt hat ihrer Tochter Hanna erzählt, dass wir bei ihnen waren. Danach ist Hanna anscheinend zusammengebrochen und hat ihrer Mutter davon erzählt, dass sie ihren Vater dabei beobachtet hat, wie er Lena

einstiegen ließ und mit ihr davon gefahren ist. Sie hat ihrer Mutter unter Tränen erzählt, dass sie uns einen anonymen Brief geschickt und alles erzählt hat. Daraufhin sei ihre Mutter außer sich vor Wut gewesen und habe einen Revolver aus dem Waffenschrank ihres Mannes geholt. Hanna hat noch alles versucht ihre Mutter zu beruhigen, sie aufzuhalten. Doch diese ist ins Auto gestiegen und mit quietschenden Reifen los gefahren.«

Bauer sah Hinteregger an, der ihm wortlos zuhörte.

»In ihrer Verzweiflung hat Hanna bei mir auf der Wache angerufen und mir alles gestanden. Ich habe sofort ein paarmal versucht Dich zu erreichen um euch zu warnen, aber Du hattest scheinbar keinen Empfang!«

Hinteregger nickte. Er erinnerte sich an die vielen Anrufe seines Kollegen und daran, dass er sie nicht annehmen, oder ihn zurückrufen hatte können.

»Ich hab mir sofort ein Auto geschnappt und bin euch hinterher gefahren!«, berichtete Bauer weiter.

»Ich hab auch einen Notarzt verständigt, der versprach sofort zu kommen. In Hirschegg kam mir dann schon ein Krankenwagen entgegen. Ich hab nur gehofft, dass keiner von euch drin liegt! Ich bin bis zur Schranke gefahren und habe dort auf den Notarzt, den ich verständigt hatte, gewartet. Zusammen mit ihm bin ich den Berg hinaufgestiegen und da kam mir Oli schon entgegen, der Hilfe holen wollte. Der Notarzt hat Dich dann versorgt.«

»Danke Gernot. Danke!«, sagte Hinteregger und dies kam aus tiefstem Herzen. Der lächelte nur und fuhr mit seiner Erzählung fort.

»Frau Brandt hat gestanden, alles gesehen zu haben. Wie ihr Lena aus der Hütte geführt habt und wie Du ihrem Mann gefolgt bist. Sie hat gesehen, wie er Dich angeschossen und bedroht hat. Und dann sah sie nur noch einen Ausweg.

»Ihren Mann zu erschießen!«, schloss Hinteregger.

Bauer nickte ihm zu.

»Danke nochmal für Alles Gernot! Du hast mir das Leben gerettet!«

Bauer lächelte nur und winkte ab.

»Meinst Du, ich lass dich einfach so über den Jordan springen, so viele Lokalrunden wie Du mir noch schuldest?!«

Hinteregger musste lachen und sah seinem Kollegen hinterher, der das Zimmer verließ. Ritas Blick traf ihn. Sie lächelte ihn an und küsste ihn zärtlich. Ja, im Moment war er wahrlich der glücklichste Mensch auf Erden.

<u>34</u>

Ein paar Wochen später hatte Hinteregger sich erholt und war abends noch ins Büro gefahren, um seinen Bericht im Fall »Lena« fertig zu schreiben. Er schilderte alle Fakten ganz genau und fügte auch alles über den Fall »Laura« mit ein. Der erschossene Siegfried Wagner hatte sich wohl schon länger in Chats herumgetrieben und versucht, junge Mädchen zu verführen. Zum Glück, war es ihm, nach ihrem derzeitigen Informationsstand, nicht gelungen, andere Mädchen in seine Gewalt zu bringen. Jedenfalls waren ihnen keine weiteren Fälle, die darauf hin deuteten bekannt. So konnte dieser Fall wohl auch zu den Akten gelegt werden.

Hinteregger wollte gerade seine Sachen zusammen packen und gehen, als es an der Tür klopfte.
»Herein!«, rief er und eine Frau trat herein.
»Barbara!«, rief er überrascht.
»Was verschafft mir die Ehre deines Besuchs?!«
»Hallo Alois. Entschuldige, dass ich Dich so spät noch störe, aber ich muss Dir etwas erzählen!«
Hinteregger bat Barbara Längle sich zu setzen und hörte ihr gespannt zu.
»Mein Vater hat mir vor seinem Tod noch ein Geheimnis erzählt! Und es wird Zeit, dass die Wahrheit ans Licht kommt!«

35

Zusammen mit seinem Vorgänger Georg Landerer saß Hinteregger im Biergarten des ›Seegartens‹. Vor den Beiden lag die Akte von Daniela Winkler, dem Mädchen, das vor 30 Jahren aus unerklärlichen Gründen ihrem Leben ein Ende gesetzt hatte.
»Und, was hat Sie dir erzählt?«, fragte Landerer gespannt. Hinteregger blickte auf den See hinaus.
»Peter Längle war damals zusammen mit seinem besten Freund auf Kneipentour unterwegs. Sie haben in einer Bar Daniela Winkler kennen gelernt.«
Aufmerksam hörte Landerer seinem Nachfolger zu.
»Längles Freund war scharf auf sie und wollte Daniela unbedingt herum kriegen. Doch die hatte keine Lust auf ihn. Die beiden Männer haben an dem Abend noch viel getrunken und das Lokal spät verlassen. Auf dem Heimweg sind sie auf Daniela getroffen, der es schlecht war und die sich zum ausruhen gesetzt hatte. Längles Freund sah darin seine Chance und hat begonnen sie zu belästigen. Daniela hat sich gewehrt, hat mit Händen und Füßen um sich geschlagen. Doch gegen die beiden Männer hatte sie keine Chance. Peter dachte in seinem Rausch wohl zuerst, dass es nur Spaß sei und sein Kumpel das Mädchen nur verängstigen wollte.«
Hinteregger nahm einen Schluck von seinem Bier und blickte in das ungeduldige Gesicht seines Vorgängers.
»Der Spaß endete dann, als Längles Freund Daniela die Hosen herunter gezogen und sie vergewaltigt hat.«
»Was war mit Längle?«, fragte Landerer.
»Hat der bei der Vergewaltigung mitgemacht?«
Hinteregger schüttelte den Kopf.
»Nein, er stand nur neben dran und traute sich nicht einzugreifen.«
»Wie ging es weiter?«, fragte Landerer.
»Der Freund hat dem Mädchen gedroht, dass er sie um-

bringen wird, wenn sie jemals ein Wort davon erzählen würde. Er wüsste wo sie wohnt. Das Mädchen muss verängstigt nach Hause gerannt sein. Dort wollte sie ihrer Mutter alles erzählen und hoffte auf deren Hilfe«, fuhr Hinteregger fort.
»Doch als sie daheim ankam, bekam sie nur Schläge von ihrem Vater und einen Anschiss, dass sie erst so spät in der Nacht nach Hause kam.« Landerer schüttelte den Kopf.
»Oh man, das arme Mädel!« Hinteregger nickte.
»Als die Mutter Daniela am nächsten Morgen dann zum Frühstück holen wollte, war ihr Zimmer leer. Ein paar Stunden später fand man sie erhängt an einem Baum.« Hinteregger schloss seine Erzählung und die beiden Männer schwiegen betroffen.
»Sie hat sich aus Verzweiflung selbst gerichtet!«, flüsterte Landerer. Eine lange Pause entstand und beide gingen ihren Gedanken nach. Schließlich beendete Landerer die Stille.
»Und Längle und sein Freund haben bis jetzt ihr Geheimnis verborgen gehalten?«, fragte er.
Hinteregger nickte und nahm einen tiefen Schluck Bier.
»Bis zum Schluss, ja.«
Landerer bewegte noch eine letzte Frage. Er musste sie Hinteregger stellen.
»Wer ist Peter Längles bester Freund?«
»War, Georg, war.«
Landerer schaute Hinteregger fragend an.
»Längles bester Freund ist vor kurzem erst gestorben!«, entgegnete Hinteregger.
Landerer hielt die Spannung nicht mehr aus und rief: »Jetzt sag's halt endlich! Wer war sein bester Freund?!«
Hinteregger blickte seinem Ex-Kollegen in die Augen.
»Wilhelm Brandt!«
Landerer starrte ihn mit offenem Mund und großen Augen an.
»Brandt? Der Typ, der Dich fast erschossen hätte?«, fragte er ungläubig. Hinteregger nickte nur.
»Ja, genau der!«

Landerer schwieg und sah Hinteregger lange an.
»Barbara hat mir erzählt, dass ihr Vater sich aus Angst vor Brandts Reaktion nie getraut hat jemandem davon zu erzählen«, fuhr Hinteregger fort.
»Nicht einmal seiner Frau.«
Landerer schüttelte immer noch ungläubig den Kopf.
»Zudem hat sich Peter geschämt und hatte Angst davor, Klara, die große Liebe seines Lebens, würde ihn für immer verlassen, wenn er es öffentlich machen würde«, erzählte Hinteregger weiter.
»Erst durch ihren Tod wurde ihm die Angst vor der Wahrheit genommen. Als er dann den Herzinfarkt erlitt und es nicht mehr gut um ihn stand, hat er sich seiner Tochter anvertraut.«
Hinteregger beobachtete die Kinder, die auf dem Spielplatz spielten und wandte sich wieder Landerer zu.
»Hätte er gewusst, dass Brandt es war, der Lena entführt hat, hätte er sein Schweigen sicher schon viel früher gebrochen!«
Landerer strich sich mit der Hand übers Kinn.
»Denkst Du, Brandt hat Längle umgebracht?«
Hinteregger nickte.
»Ja. Er hatte als einziger ein Motiv, musste um den Erhalt ihres Geheimnisses bangen und auch darum, dass wir Lena bei ihm finden würden.«
»Sozusagen hat Brandts Frau Peter Längle im Nachhinein noch gerächt«, sagte Landerer.
»Sozusagen, ja«, antwortete Hinteregger und lächelte.
Der Blick der Beiden fiel auf die Akte, die auf dem Tisch lag. Der bislang unlösbar scheinende Fall war endlich gelöst! Beide lächelten und Landerer klopfte Hinteregger auf die Schulter.
»Alois, ich bin ein Mann der seine Versprechen hält! Ich schulde Dir ein Essen!« Worauf er die Bedienung mit einem Zeichen zum Tisch bestellte. Hinteregger nahm derweil nochmal einen Schluck aus seinem Glas und betrachtete den ruhig vor ihm liegenden See. Nach den anstrengenden Tagen würde jetzt endlich Ruhe einkehren. Hoffentlich.

36

Drei Jahre später wurden von einem Pilzsammler und seinem Hund im Wald die knochigen Überreste eines Skeletts deckt. Eine umfangreiche Untersuchung durch das Landeskriminalamt, in der auch eine Gesichtsrekonstruktion veranlasst wurde, brachte eine junge, weibliche Person zum Vorschein. Eine groß angelegte Personensuchanzeige führte dazu, dass sich eine Familie aus Polen meldete, die ihre Tochter Svetlana seit über drei Jahren vermisste. Die hatte damals ihr kleines polnisches Dorf verlassen und war nach Deutschland gegangen, um dort ihr Glück zu finden.

Dort hatte sie in einem Chat Siegfried Wagner kennen gelernt, in den sie sich schon nach einigen Tagen unsterblich verliebt hatte. Doch als sie sich endlich mit ihm Treffen wollte, musste sie erkennen, dass ihre Glückseeligkeit ein jähes Ende gefunden hatte. Bis heute konnte dieser Fall von der Polizei nicht aufgeklärt werden....

Ende

Dieses Buch ist für Alle, die an mich geglaubt und mich immer wieder darin bestärkt haben mir diesen Traum zu verwirklichen!

Das ist für euch! Vergelt`s Gott!